Boccace

FIAMMETTA

Traduit de l'italien par Serge Stolf

arléa

16, rue de l'Odéon, 75006 Paris
www.arlea.fr

Collection « Retour aux grands textes »

Titre original : *Elegia di Madonna Fiammetta* (1343)
ISSN 1157-3880
ISBN 2-86959-599-9

FIAMMETTA

PRÉSENTATION

Boccace (Giovanni Boccaccio, 1313-1375) n'est pas un inconnu pour le public français. Son *Décaméron*, modèle d'un art de la nouvelle, lui vaut encore aujourd'hui, par ses récits facétieux ou tragiques, une réputation dont le parfum de scandale s'est toutefois bien évaporé.

L'éclat du chef-d'œuvre, on le sait, éclipse souvent les textes qui le précèdent ou le suivent. Celui que nous présentons ici sous le titre de *Fiammetta* (d'après l'original italien, *Elegia di madonna Fiammetta*) fut écrit par Boccace vers 1343-44, quelques années avant le *Décaméron*. La beauté de ce récit ne méritait assurément pas de se voir reléguée dans les seules officines universitaires, mais d'être révélée à un large public, qui ne saurait bouder le plaisir de suivre, page après page, les vicissitudes sentimentales d'une héroïne jeune, belle, passionnément amoureuse, et donc passionnément malheureuse. Car ce que nous entendons dans ces lignes, c'est, de bout en bout, une voix de femme qui nous livre, rétrospectivement, les tourments de son cœur et fait ainsi entrer, pour la première fois depuis l'Antiquité, dans la littérature occidentale, un récit entièrement confié à la subjectivité féminine, à sa vérité de femme.

Le sujet de cette histoire est simple. Nous sommes à Naples, dans la première moitié du XIVe siècle, sous le règne des Angevins. Une femme de haut rang, mariée, s'éprend d'un jeune homme qui devient son amant. Leur bonheur est de courte durée : Pamphile (« Tout-Aimant ») doit quitter sa maîtresse Fiammetta (« Petite-Flamme »), sous le prétexte de rejoindre son vieux père, mais avec la ferme promesse d'être bientôt de retour. Pour la jeune femme, commence alors une attente dont la cruauté se prolonge au fur et à mesure que le temps s'écoule sans que son amant revienne. Passant par les alternances de l'espoir et du désespoir, de la patience et de la colère, au gré des fausses nouvelles et des fausses joies, elle reconstruit les étapes qui l'ont menée de l'euphorie du bonheur à l'avilissement du malheur, à l'image de cette Fortune, plusieurs fois invoquée, qui exalte l'homme avant de l'écraser.

Ce récit est d'abord celui d'une attente qui se prolonge jusqu'à envahir le présent : attente exaspérée, désespérée. Peu d'événements extérieurs viennent influer sur cette situation, mais, si rares soient-ils, leur résonance est profonde dans l'âme de la jeune femme chez qui la passion insatisfaite développe une hypersensibilité. Ainsi, lors d'un séjour au bord de la mer dans le golfe de Naples – occasion pour Boccace, familier de la cour d'Anjou, d'évoquer fêtes et tournois – Fiammetta ressent-elle amèrement, au spectacle de la joie ambiante, l'absence de son amant. Dans la poésie du Moyen Âge, l'éloignement de l'amant pouvait nourrir le service d'amour, comme une mise à l'épreuve. Mais, pour notre héroïne, l'absence de Pamphile alimente une inquiétude qui va croissant jusqu'à prendre des couleurs pathologiques. L'imagination le lui représente dans les bras d'une autre, et aussitôt elle s'abandonne à la jalousie, à une sorte de fureur à vide. Elle tombe souvent dans des phases de « mélancolie », que la médecine du temps attribuait à l'humeur noire, et dont les manifestations sont voisines de notre moderne dépression nerveuse. L'« amour fou », comme l'appelle Dante dans la *Divine Comédie*, est bien illustré par la passion de cette femme qui frôle en permanence la dépossession d'elle-même, l'oubli de ses devoirs sociaux, l'exclusion du monde, et se livre tout entière à ce feu intérieur qu'elle porte emblématiquement dans son surnom de « Petite-Flamme ».

Ce que dépeint Fiammetta, dans une forme introspective que ne connaissait pas la littérature européenne, c'est le changement insensible qui se produit dans son cœur : d'où l'impression, toute d'apparence, de redites, d'un discours itératif, alors qu'il s'agit de restituer les émotions dans leurs plus subtiles gradations, comme une gamme. La vraie tragédie de Fiammetta, c'est qu'elle parle dans le silence. Entre un amant absent, qui ne donne aucun signe de vie, et un mari qui, par définition, ignore tout, Boccace introduit heureusement dans l'intimité de Fiammetta un personnage féminin : celui de la nourrice. On reconnaît là l'influence de Sénèque – un des auteurs les plus pratiqués au Moyen Âge –, et particulièrement de sa tragédie *Phèdre*. La nourrice, c'est la confidente, l'exutoire de cette souffrance qui a besoin de se mesurer à la voix de la raison. Cela nous vaut des dialogues vifs, des confrontations entre la femme assagie par l'expérience et la femme jeune, sensuelle (entre les lignes), qui n'a pas encore décidé d'arraisonner au port de la sagesse.

Si l'amour est sentiment universel, son expression, surtout littéraire, à travers les âges ne s'accorde pas toujours avec l'évolution des formes de la sensibilité. Ainsi ne doit-on pas s'étonner des torrents de larmes que versent nos héros, de ces pleurs qui sont le signe parlant d'une sensibilité à fleur de peau, d'une violence intérieure incapable de maîtriser ses manifestations. Le titre constitue un indice susceptible d'éclairer cette longue confession : *Élégie de dame Fiammetta*. L'élégie est un genre hérité de la littérature antique. Horace, dans son *Art poétique*, la circonscrivait dans l'expression, par un personnage tragique, d'une « douleur en un langage familier ». Ajoutons que l'élégie, pour Dante, est « le style des malheureux », c'est-à-dire un style adapté à la plainte sur ses propres malheurs, surtout amoureux.

C'est exactement ce que dit Fiammetta dans le prologue où elle se propose de conter ses vicissitudes amoureuses au seul public capable de « compatir », de souffrir avec elle : les femmes. Mais les protestations qu'elle fait, tout au long de son récit, de son incompétence à écrire, de sa volonté d'éviter les fioritures, gages d'insincérité, ne doivent pas nous tromper. Fiammetta nous étonne par sa parfaite maîtrise de l'écriture élégiaque. Nous ne parvenons pas à la croire, en ce domaine, débutante. Ce n'est pas le moindre paradoxe de ce texte que de nous présenter une parole de femme en un temps où la légitimité d'une telle parole était rien moins qu'évidente. Or la récurrence des allusions mythologiques et littéraires révèle une femme cultivée, instruite, nous pourrions dire : une intellectuelle. Parmi les lectures de Fiammetta, figurent en bonne place les grands maîtres latins de la littérature amoureuse : Ovide, Virgile. Du premier, retenons les *Héroïdes*, lettres que des amantes abandonnées adressent à ceux qui les ont trahies ou délaissées, et qui fournissent à Fiammetta l'évident modèle de son texte, comme une bouteille à la mer lancée vers l'indifférent Pamphile. Les références aux *Métamorphoses* témoignent d'une familiarité avec les aventures tragiques de leurs héroïnes malheureuses. Quant à Virgile, c'est l'épisode de Didon, dans l'*Énéide*, qui retient l'attention de Fiammetta : dans le destin de la reine de Carthage, elle lit le sien propre. Aussi avons-nous droit, à l'avant-dernier chapitre, au cortège, tout littéraire, des femmes malheureuses en amour auxquelles la jeune femme compare sa destinée d'amante désertée. Il s'agit évidemment pour elle de hausser son histoire au niveau des plus tragiques victimes de l'amour. Ici, la culture de Boccace, imprégnée de lectures latines, préfigure celle de l'humanisme, sa conception de la poésie comme champ de l'expérience humaine, sans frontières de temps ni d'espace. Le salut qu'attend Fiammetta ne peut venir que de son amant ou de ces divinités profanes auxquelles elle adresse des prières, de ces dieux faits à l'image des hommes, et non l'inverse.

Ce texte, dont nous proposons au lecteur moderne une traduction nouvelle, connut un extraordinaire succès au XVe siècle, et l'on peut dire que la sensibilité féminine qui s'y exprime sera largement exploitée par le romantisme. Laissons-nous donc entraîner par la plume de Fiammetta, alerte et toute vibrante d'émotion. Elle nous parle d'amour malheureux, ce à quoi nous compatissons avec le plus de plaisir.

Serge Stolf

PROLOGUE

Chez les malheureux, le désir de se plaindre augmente s'ils s'aperçoivent qu'on a pitié d'eux.

Ce désir, aucune femme ne l'éprouve plus que moi. Depuis longtemps habituée à pleurer, je ne veux pas voir diminuer, mais accroître les raisons de me plaindre. J'essaierai donc, nobles dames dont le cœur est sans doute plus heureux en amour que le mien, d'éveiller votre pitié en vous faisant le récit de mes tribulations. Je ne me soucie nullement que des oreilles masculines ne puissent l'entendre. Au contraire, je veux autant que possible les en exclure. En effet, un homme se montre en ce moment avec moi d'une telle cruauté que j'imagine tous les autres à son image, me réservant des rires de moquerie plutôt que des larmes de compassion. C'est vous seules que je supplie d'être mes lectrices, vous que je connais, par ma nature féminine, sensibles et compatissantes envers les malheureux.

Vous ne trouverez ici ni de ces tragédies grecques, tissées de mensonges, ni de ces guerres de Troie sanguinaires, mais une tragédie d'amour, une lutte de désirs. Vos yeux seront témoins des pleurs douloureux, des soupirs violents, des plaintes déchirantes et des pensées tumultueuses qui n'ont cessé de me tourmenter et m'ont ôté l'appétit, le sommeil, le bonheur et la beauté adorée. Si vous lisez ces pages avec votre sensibilité de femmes, seules ou toutes ensemble, je suis sûre que vos tendres visages seront baignés de larmes. Je ne cherche qu'elles comme aliment à ma douleur, et je vous prie de ne pas me les refuser. Songez que si vos amours connaissaient, comme les miennes, des vicissitudes, et que – Dieu vous en garde ! – vous vous retrouviez dans ma situation, vous chéririez les larmes qu'on verserait sur vous.

Pour ne pas passer plus de temps à parler qu'à pleurer, je vais en venir rapidement au récit que je vous ai promis. Je commencerai par la saison de mes amours où le bonheur l'emportait sur les vicissitudes : la comparaison entre ce bonheur et mon état présent vous révèlera combien mon malheur est plus grand que celui des autres femmes.

Je relaterai ensuite mes épreuves, causes de mes pleurs, au fil d'une plume plaintive. Mais auparavant, si les prières des malheureux peuvent être entendues, je demande, triste et pleurante, à celle des divinités célestes qui aura pitié de moi de secourir ma mémoire dolente dans cette entreprise, et de soutenir ma main tremblante. Qu'elle les rende capables l'une de trouver les mots, l'autre de les écrire (aidée en cela par la volonté plus que par la force) pour retracer fidèlement les tourments que mon âme a éprouvés et continue d'éprouver.

CHAPITRE PREMIER

Où la dame se présente, relate les signes annonciateurs de ses malheurs futurs, puis dépeint l'homme dont elle tomba amoureuse et la joie qui s'ensuivit.

Je vins au monde à la plus belle saison de l'année, celle où tout refleurit. Mes parents étaient nobles et la fortune me comblait de ses faveurs. Hélas ! maudit soit le jour de ma naissance, le plus détestable de tous ! J'aurais été plus heureuse de ne pas naître, ou de passer du funeste berceau à la tombe et de vivre aussi peu que les dents semées par Cadmos[1] ! Ah ! si la Parque avait rompu le fil de ma vie au moment même où elle commençait à le tisser ! J'aurais épuisé, dès mes plus tendres années, toutes mes plaintes futures, et je n'y trouverais plus aujourd'hui une triste raison d'écrire !

Mais à quoi bon me lamenter ? Je suis encore de ce monde : Dieu en a voulu ainsi.

Je naquis au sein du plus grand luxe. J'y fus élevée. Je passai de l'enfance à la belle adolescence, apprenant d'une vénérable préceptrice les bonnes manières que doit connaître une jeune fille noble. Plus je grandissais, plus

1. Ce héros légendaire sema les dents du dragon qu'il avait terrassé : il en naissait des géants s'entretuant aussitôt.

augmentaient mes beautés, unique source de mes malheurs ! J'entendais maintes personnes les vanter et, en dépit de mon jeune âge, je m'en glorifiais et les rehaussais par des soins et des artifices !

Mais, au sortir de l'adolescence, l'instinct m'apprit quels désirs peuvent susciter chez les jeunes gens les charmes féminins : je sus que ma beauté – pitoyable cadeau pour une vie vertueuse ! – enflammait les garçons nobles de mon âge. Par diverses attitudes, qu'alors je comprenais mal, ils tentèrent bien souvent d'éveiller en moi le feu dont ils brûlaient et qui devait, dans l'avenir, non pas me réchauffer, mais m'embraser plus fort qu'une autre ! Plusieurs me pressèrent de demandes en mariage, mais quand l'un d'eux, que tout rendait digne de moi, eut obtenu ma main, la foule des prétendants mit fin de façon presque inespérée à ses sollicitations harcelantes.

J'avais tout lieu d'être satisfaite de mon mari, et je vécus très heureuse, jusqu'au jour où la folie furieuse de l'amour envahit mon jeune esprit, y allumant un feu que je n'avais jamais éprouvé.

Tout ce que pouvait désirer une femme m'était aussitôt accordé. J'étais le seul bien et l'unique bonheur de mon jeune époux, et je l'aimais autant qu'il m'aimait. Comme je pourrais me dire la plus heureuse des femmes si j'avais pu lui conserver mon amour !

Je vivais heureuse, passant mon temps dans les fêtes, quand la Fortune, qui renverse les situations en un instant, m'envia les biens qu'elle m'avait accordés et, voulant me les retirer sans savoir par où instiller ses poisons, usa d'un subterfuge : mes yeux ouvriraient la voie à mes malheurs, la seule qu'ils pouvaient emprunter à ce moment-là ! Mais les dieux, qui m'accordaient encore leurs faveurs et plus d'attention que je n'en avais pour moi-même, connaissant les pièges tendus par la Fortune, voulurent fournir des armes à mon cœur : je n'avais qu'à m'en saisir pour me défendre dans le combat qui m'attendait ! Pendant la nuit qui précéda le commencement de mes malheurs, ils m'éclairèrent sur mon avenir à l'aide d'un songe.

J'étais couchée sur mon grand lit, les membres détendus, profondément endormie. Dans mon rêve, il faisait une journée splendide, extraordinairement claire ; j'éprouvais une grande joie dont j'ignorais la cause ; seule au milieu de vertes prairies, j'étais assise dans un pré que plusieurs arbres, de leurs jeunes frondaisons, abritaient des rayons du soleil. De mes mains blanches, j'avais cueilli différentes fleurs joliment colorées et les avais rassemblées dans un pan de ma robe : j'en choisissais quelques-unes pour tresser une charmante couronne dont je ceignais ma tête. Ainsi parée, je me levais et, comme Proserpine le jour où Pluton l'enleva à sa mère, m'en allais, chantant dans le printemps nouveau ; puis, lasse sans doute, je me couchai, après m'être fait un lit des herbes les plus épaisses.

J'eus alors l'impression qu'une vipère, dissimulée comme le serpent qui mordit le tendre pied d'Eurydice[1], se glissait parmi les herbes où j'étais étendue et me mordait sous le sein gauche. Je ressentis d'abord une sorte de brûlure, provoquée par les crocs aigus, mais, rassurée (après avoir craint le pire !), je pressai sur mon sein le froid reptile, pensant l'amadouer en le réchauffant contre ma poitrine. L'animal n'en devint que plus audacieux et plus cruel, et colla sa gueule à l'endroit de la morsure. Après avoir longuement bu mon sang, il quitta mon sein, contre mon gré apparemment, et s'en alla en rampant parmi les herbes tendres, emportant mon âme avec lui. Au même

1. Poursuivie par un berger, Eurydice fut piquée par une vipère et en mourut. Orphée, on le sait, échoua dans sa tentative de la ramener des Enfers sur la terre.

moment, derrière moi, le ciel serein s'assombrit et m'enveloppa. La tempête suivait la progression de l'animal, comme si celui-ci entraînait la masse des nuages dans son sillage ; quelques instants après, le serpent disparut à ma vue, comme une pierre blanche qui disparaît lentement à nos yeux au fond de l'eau.

Je vis alors le ciel couvert d'épaisses ténèbres qui éclipsaient presque le soleil. On aurait dit la nuit qui s'abattit sur les Grecs après le crime d'Atrée[1] : les éclairs zébraient le ciel en tous sens et les grondements du tonnerre me remplissaient du même effroi que les habitations alentour. Mais la plaie, où je sentais la douleur de la morsure, s'envenima et sembla gagner tout mon corps, provoquant une enflure hideuse. J'avais d'abord eu l'impression d'être restée sans vie, mais je sentais à présent la force du venin s'insinuer jusqu'à mon cœur et me roulais parmi les herbes fraîches en attendant la mort. Je croyais ma dernière heure venue et n'étais pas moins effrayée par cette épouvantable tempête : mon cœur éprouvait une si vive douleur, dans l'attente de la mort, que mon corps en fut secoué et s'arracha au sommeil.

Encore tout à la frayeur de ces visions, je portai ma main droite à l'endroit de la morsure, cherchant la trace réelle d'un mal qui était encore à venir. Je n'y trouvai aucune plaie et, presque joyeuse et rassérénée, je me mis à rire de l'absurdité des songes : les dieux s'étaient donnés du mal pour rien ! Pauvre de moi ! Je m'en suis moqué, alors, mais, par la suite, j'ai appris qu'ils disaient vrai au prix de terribles souffrances ! J'ai versé bien des larmes inutiles, je me suis plainte aux dieux dont les présages sont si obscurs pour nos esprits grossiers qu'il faut attendre leur accomplissement pour comprendre leurs signes ! Je soulevai ma tête lourde de sommeil et vis un rai de soleil

1. Atrée tua les enfants de son frère et les lui servit à manger !

pénétrer dans ma chambre ; je me levai aussitôt, sans plus penser à autre chose.

C'était un jour de fête solennelle. Je revêtis avec soin des habits où brillaient les ors et que ma main compléta de savantes parures : me prenant pour l'une des déesses que Pâris vit dans la vallée de l'Ida, je me préparai à me rendre à cette solennité. Je me contemplais comme un paon contemple ses plumes, pensant plaire aux autres autant que je me plaisais, quand l'une des fleurs de ma couronne, accrochée par le rideau de mon lit ou retenue par quelque main invisible et céleste (je ne sais), fit tomber la couronne par terre. Indifférente aux avertissements secrets du ciel, je la ramassai comme si de rien n'était, la remis sur ma tête et quittai la pièce. Hélas ! les dieux pouvaient-ils m'envoyer signe plus manifeste ? Celui-ci était clair : ce jour-là, mon âme libre et maîtresse d'elle-même allait renoncer à son empire pour se faire esclave. Ce qui arriva. Si j'avais pu juger sainement, j'aurais tenu cette journée pour néfaste et l'aurais passée sans franchir le seuil de ma maison. Mais les dieux, quand ils sont irrités contre quelqu'un, tout en lui envoyant un signe de salut, lui en refusent la compréhension : ainsi, avec l'air d'accomplir leur mission, ils soulagent leur colère ! Mon infortune voulut que je sortisse, frivole et insouciante. Accompagnée de plusieurs femmes, je m'acheminai sans hâte vers l'église où l'on célébrait la fête.

En vertu d'un vieil usage, et de la noblesse de mon rang, une place de choix m'était réservée parmi les dames. À peine installée, je regardai, à mon habitude, autour de moi : divers groupes d'hommes et de femmes remplissaient l'église. Ils n'eurent pas plus tôt remarqué ma présence que, une fois encore, en plein office, leurs regards se tournèrent vers moi. Leur surprise n'eût pas été plus grande de découvrir à ma place Vénus ou Mercure descendus du ciel ! Plusieurs fois, aussi orgueilleuse qu'une déesse, j'en souris intérieurement de satisfaction. Les yeux des jeunes gens se détournaient des autres femmes et me fixaient, formant une sorte de couronne autour de ma personne. S'ils parlaient diversement entre eux de ma beauté, ils étaient unanimes à en faire l'éloge. Quant à moi, regardant ailleurs avec l'air de penser à autre chose, j'écoutais leurs propos qui m'apportaient la douceur désirée ; me croyant redevable de ce sentiment, je leur adressai parfois un regard plus aimable, dont certains, je le remarquai, tiraient un prétentieux espoir et se vantaient sans raison auprès de leurs compagnons.

J'adressais aux hommes moins de regards qu'ils ne m'en adressaient, croyant les captiver par ma beauté : ce fut, hélas ! la beauté de l'un d'eux qui me captiva. J'approchais du moment douloureux qui me ferait ou mourir, ou vivre dans les pires angoisses, quand, je ne sais sous quelle impulsion, je levai lentement les yeux et parcourus d'un regard perçant la foule des jeunes gens autour de moi. Seul, adossé à une colonne de marbre, juste en face de moi, se tenait un jeune homme. Mue par la fatalité, je fis ce que je n'avais encore jamais fait pour nul autre : je me mis à évaluer le personnage et ses manières. Bien que mon jugement ne dût rien encore à l'amour, je lui trouvai belle allure ; le duvet bouclé de ses joues indiquait sa jeunesse ; d'entre les têtes, il posait sur moi un regard tendre et discret. J'eus la force de détourner le mien, mais ni le moindre détail extérieur, ni mes propres efforts ne purent distraire ma pensée de l'examen de ses qualités. Son visage s'était déjà gravé dans mon esprit où je le contemplais avec un secret plaisir, découvrant des raisons nouvelles de confirmer mon opinion. Heureuse de me savoir observée, je lançais de temps à autre un coup d'œil discret pour voir si lui me regardait !

Sans me méfier des pièges de l'amour, je fixais mes yeux dans les siens avec plus d'insistance, quand je crus y lire ces mots : « Ô dame, tu es notre seul bonheur ! » Je mentirais en disant qu'ils me déplurent ! Au contraire, ils me remplirent d'un tel plaisir que mon cœur en tira un doux soupir chargé de ces mots : « Et vous, tout le mien ! » Mais je me repris et n'en exprimai rien. À quoi bon ? Ce qu'il taisait, mon cœur le comprenait et si, au lieu de le garder pour lui, il l'avait laissé sortir, peut-être serais-je encore libre !

Dès cet instant, donnant toute liberté à mes yeux imprudents, je les rassasiais de ce qui les charmaient déjà ! Si les dieux, dont la vue s'étend sur toute destinée, ne m'avaient privée de discernement, j'aurais pu encore m'appartenir, mais, n'écoutant que mon instinct, je devins sur-le-champ prête à être prise ! Comme l'éclair se propage d'un point à un autre, un mince rayon de lumière venue de ses yeux frappa les miens, mais, sans s'y arrêter, il emprunta d'obscurs chemins ignorés de moi pour s'en aller droit au cœur. Celui-ci, effrayé de se sentir si soudainement pénétré, rappela à lui toutes les forces de mon corps, me laissant toute pâle et presque glacée. Cela ne dura pas : je sentis mon cœur se ranimer, les forces revenir dans mon corps et le réchauffer ; puis ce feu chassa ma pâleur et me fit brûler et rougir. Regardant celui qui en était la cause, je soupirai. Dès lors, je n'eus plus qu'une pensée : lui plaire !

De sa place, toujours discret, le jeune homme observait ces changements en moi. Peut-être était-il rompu aux combats amoureux et, sachant avec quelles armes on capture la proie convoitée, se montrait-il de plus en plus soumis, tendre et amoureux ? Trompeuse tendresse qui partait d'un cœur où elle ne revint plus jamais – je ne le sais que trop ! –, mais se peignait alors faussement sur son visage ! Je ne dépeindrai pas toutes ses expressions, qui étaient autant d'habiles tromperies : que cela ait tenu au pouvoir de cet homme ou à ma destinée, l'amour me posséda d'une manière soudaine et imprévisible, au-delà des mots.

Il me possède encore !

Sachez-le, compatissantes dames : parmi tant d'hommes jeunes, nobles, beaux et valeureux que comptaient non seulement cette assemblée, mais Naples tout entier, c'est lui que mon cœur aveuglé choisit pour le premier, le dernier et le seul maître de ma vie ! C'est lui, et lui seul, que j'aimai et que j'aime ! C'est lui qui fut le commencement et la cause de tous mes malheurs ! Lui qui m'entraînera, je le crains, vers une fin désastreuse ! Ce jour-là, la femme libre que j'étais devint pour la première fois une esclave pitoyable ! Ce jour-là, je connus l'amour, que je n'avais jamais connu ! Ce jour-là, pour la première fois, l'amour distilla ses poisons dans mon cœur chaste et pur ! Hélas ! que de malheurs m'apporta ce jour ! Hélas ! comme je serais loin des tourments et des angoisses si les ténèbres avaient recouvert ce jour-là ! Hélas ! que ce jour fut ennemi de mon honneur ! Mais qu'y faire ? Il est plus facile de condamner que de corriger les erreurs du passé ! Je l'ai dit : je fus prise, et, si une Furie infernale ou la Fortune hostile, envieuses de mon chaste bonheur, lui ont tendu des embûches, elles ont pu, ce jour-là, se réjouir à l'idée d'une victoire infaillible !

Surprise par cette passion nouvelle, presque hébétée, transportée hors de moi-même, je me tenais assise parmi les autres dames, écoutant à peine et sans les comprendre le saint office et les propos de mes voisines. Mon esprit était si occupé par cet amour nouveau et soudain que je ne cessais de contempler le jeune homme, tantôt par la pensée, tantôt des yeux, sans savoir où tendait mon ardent désir. Je souhaitais le voir se rapprocher de moi, mais il restait en retrait, et je lui en voulus plusieurs fois de cette attitude, prenant pour de la timidité ce qui était prudence. J'étais agacée par la présence des jeunes gens devant lui. Pour le voir, mon regard devait se frayer un chemin entre leurs têtes, et certains, croyant qu'il leur était adressé, ont dû se croire aimés !

Tandis que j'étais plongée dans mes pensées, l'office se termina et mes compagnes se levèrent pour s'en aller. Je m'en aperçus seulement lorsque prit fin cette rêverie où mon âme avait caressé l'image du si plaisant jeune homme. Je me levai moi aussi et, tournant les yeux vers lui, je crus lire dans son expression ce que la mienne essayait et parvint à lui dire : qu'il m'était pénible de partir ! Pourtant, après avoir un peu soupiré, je m'en allai sans savoir qui il était.

Compatissantes dames, qui pourrait croire qu'un seul instant suffise pour changer un cœur ? Affirmer qu'au premier regard on peut aimer passionnément un inconnu ? Penser qu'on s'enflamme à sa vue au point de souffrir terriblement de s'en voir privé, tant ce désir s'attache à cette seule vue ? Imaginer qu'une figure nouvelle nous fasse trouver détestables toutes celles qu'on a aimées auparavant ? Personne, à moins d'avoir éprouvé, ou d'éprouver, comme moi, ces sentiments. Hélas ! Amour, qui se montre à présent d'une cruauté inouïe, voulut alors m'imposer une loi inconnue des autres ! J'ai souvent entendu dire qu'au début les plaisirs sont insensibles et qu'ensuite, nourris par des pensées, ils deviennent plus forts et plus intenses. Il en alla différemment pour moi : les plaisirs entrèrent aussitôt dans mon cœur avec une force qu'ils n'ont jamais perdue ! L'amour me posséda tout entière dès le premier jour. Je fus comme le bois vert qui peine à s'enflammer, mais brûle ensuite avec plus de chaleur. Malgré de nombreuses tentations, je n'avais jamais succombé à la beauté de personne, mais, cédant finalement à celle du jeune homme, je brûlai et brûle encore comme jamais aucune femme ne brûla. Et ce feu n'est pas prêt de s'éteindre !

Bien d'autres pensées occupèrent diversement mon esprit, ce matin-là, mais je les laisserai de côté. La maison que j'avais quittée libre, je la regagnai esclave d'une étrange folie. Une fois seule dans l'oisiveté de ma chambre, je fus assaillie de désirs divers, emplie de pensées nouvelles, tourmentée par maintes inquiétudes dont l'unique objet était l'image du jeune homme qui m'avait plu ! Ne pouvant l'effacer, je pensai au moins garder prudemment et secrètement cet amour en mon triste cœur. Pour savoir combien cela est difficile, et aussi douloureux, à mon avis, que l'amour lui-même, il faut en être passé par là ! Ayant pris cette résolution, je m'avouai amoureuse d'un homme dont j'ignorais tout.

Il serait trop long de relater toutes les songeries nées de cet amour. Pourtant, je me sens forcée d'en exprimer quelques-unes, ainsi que certaines choses dont, plus qu'à mon habitude, je commençais à goûter le plaisir. Laissant de côté tout le reste, je me délectais à la pensée du jeune homme. Maintes fois, je m'en blâmai : il me semblait qu'à force d'y penser je finirais par laisser deviner mon secret. En vain ! Mes reproches cédaient largement devant mes désirs et se dissipaient en pure perte, comme du vent. Pendant plusieurs jours, je m'évertuais à découvrir l'identité de l'homme que j'aimais. Pour y parvenir, j'imaginai de nouveaux expédients et, m'entourant de précautions, je découvris son nom pour ma plus grande joie.

Moi qui, auparavant, ne faisais aucun cas des parures, les jugeant inutiles, je commençai à m'y attacher, pensant ainsi plaire davantage. Je donnai plus de prix aux atours, à l'or, aux perles et autres bijoux. Moi qui, jusqu'alors, m'étais rendue dans les églises, les fêtes, les jardins et les bords de mer dans le seul but de me retrouver en compagnie de jeunes dames, je me mis à fréquenter ces endroits dans l'attente d'un plaisir nouveau : celui de voir et d'être vue ! À vrai dire, je perdis toute confiance en ma beauté et ne quittai plus ma chambre sans avoir pris le fidèle conseil de mon miroir. Mes mains, rendues expertes par je ne sais quel nouveau maître, trouvaient chaque jour de plus gracieuses parures et ajoutaient à ma beauté naturelle celle des artifices, faisant de moi la plus splendide des femmes.

Les hommages que m'adressaient les dames étaient de pure courtoisie : ils convenaient, certes, à la noblesse de mon rang, mais je commençai à les exiger comme s'ils m'étaient dus. Je pensais qu'aux yeux de mon amant un air de grandeur plairait davantage. Mon avarice – si naturelle aux femmes – disparut : sans attacher plus de prix à mes biens que s'ils ne m'appartenaient pas, je devins généreuse. J'eus plus d'audace et perdis de ma retenue féminine : comme une écervelée, je trouvai beaucoup plus d'intérêt à ma personne ! Et surtout, mes regards, jusqu'alors ingénus, se firent étonnamment audacieux. Il y aurait trop à dire sur les nombreux changements qui s'opérèrent en moi : vous qui, comme moi, êtes amoureuses, mesdames, vous savez combien change une femme, dans ces cas-là !

Le jeune homme faisait preuve d'une grande circonspection. Les rares fois où il se montrait en ma présence, il était très réservé, m'observait discrètement et semblait vouloir cacher, comme moi, le feu de son amour. Je mentirais en niant qu'à sa vue mon amour, pourtant tout puissant, augmentait encore, dilatant mon âme de toutes ses forces. Dans ces moments-là, il avivait mes ardeurs et en rallumait d'autres encore étouffées. Mais j'éprouvais moins de joie à son arrivée que de tristesse à son départ : privés du bonheur de le voir, mes yeux donnaient à mon cœur de cruelles raisons de souffrir, mes soupirs se faisaient plus forts et plus fréquents, et mon désir, occupant tous mes sens, m'arrachait à moi-même ! J'étais comme ravie : à plusieurs reprises, mon entourage s'en étonna, et je dus alléguer des prétextes que l'amour me soufflait. Il m'arrivait de perdre le sommeil et l'appétit, mes gestes avaient plus de brusquerie que de vivacité et je tenais des propos insolites.

Parmi les gens de ma maison, ma nourrice, femme d'âge et d'expérience, s'étonna de mes parures toujours plus nombreuses, de mes soupirs enflammés, de mes attitudes étranges, de mes gestes violents, de mon agitation, de toutes ces manifestations de mon nouvel amour. Elle en avait éprouvé autrefois les feux cruels, mais, feignant de les ignorer, me reprocha plusieurs fois mon curieux comportement.

Un jour, me trouvant étendue mélancoliquement sur mon lit et voyant mon air soucieux, elle me parla dès que nous fûmes seules[1] :

– Ma fille, je t'aime comme moi-même et je te vois préoccupée depuis quelque temps. Pourquoi ? Tu ne passes pas une heure sans soupirer. Où sont passées ta gaieté et ta bonne humeur ?

Je poussai un gros soupir, mon visage passa par plusieurs couleurs. Je feignis de dormir, de ne pas l'avoir entendue, puis me tournai et me retournai pour trouver le temps de répondre et, en articulant à peine, je parvins à lui dire :

– Rien ne me tourmente, chère nourrice, je me sens comme d'habitude. Je suis simplement sujette aux changements d'humeur, comme tout le monde.

– Tu me trompes, ma fille, et tu n'imagines pas com-

1. Ce discours suit de près celui de la nourrice, dans la *Phèdre* de Sénèque.

bien il est pénible, pour des vieillards, d'entendre une chose tandis qu'ils en voient une autre. Inutile de me cacher ce que j'ai très bien remarqué depuis plusieurs jours !

Quand j'entendis ces mots, partagée entre la souffrance, la crainte et le dépit, je répliquai :

– Si tu le sais, pourquoi me le demander ? Tu n'as qu'une chose à faire : taire ce que tu as appris !

– Je cacherai à coup sûr ce que les autres doivent ignorer ! Que la terre s'ouvre et m'engloutisse si je révèle jamais quelque chose qui te déshonorerait ! Ce n'est pas d'aujourd'hui que j'ai appris à me taire ! Sois tranquille. Garde-toi de ne pas montrer aux autres ce que, d'un regard, j'ai deviné, sans que toi ni personne d'autre ne me le dise. Si tu avais gardé assez de raison pour juger la folie où tu es tombée, je te laisserais y réfléchir seule : mes conseils seraient inutiles. Mais tu es jeune et, sans méfiance, tu t'es sottement soumise au pouvoir de ce cruel tyran qui te confisque liberté et jugement. Alors, je préfère te le dire, je t'en conjure même : expulse et chasse de ton chaste cœur ces abominations ! Éteins ces flammes indécentes ; ne succombe pas à un espoir honteux ! Le moment est venu de résister de toutes tes forces : la résistance immédiate met la passion infâme en déroute, et procure la victoire et la sécurité ; à vouloir la nourrir de pensées infinies et de faux espoirs, on ne peut plus, ensuite, refuser son joug auquel on s'est soumis pour ainsi dire de plein gré !

– Hélas ! c'est bien plus facile à dire qu'à faire !

– Même difficile, on peut et on doit le faire ! Songes-y : veux-tu perdre pour cela le rang de ta famille, ta réputation de vertu, la fleur de ta beauté, les honneurs du monde, tout ce qu'une noble dame doit estimer, et surtout l'affection d'un mari que tu aimes et qui t'aime tant ? Tu ne peux le vouloir, et je doute que tu le veuilles si tu as la sagesse d'y réfléchir. Modère-toi, pardieu ! Renonce à ces faux plaisirs, promesse d'une vile espérance, et, avec eux, renonce à ta folle passion ! Je t'en supplie, par ce sein vieilli et fatigué qui t'a autrefois nourrie : aide-toi toi-même, pourvois à ton honneur, ne refuse pas mes conseils ! Vouloir être guérie, c'est être à moitié guérie.

Je lui répondis :

– Chère nourrice, tu dis vrai, je ne le sais que trop, mais cette passion furieuse me force à suivre la voie du pire ; mon âme en est consciente mais, débordante de désir, elle aspire en vain à de sages conseils : la raison veut, mais cède à la folie, cette reine ! Le dieu Amour me possède et me domine entièrement ! Résister à son pouvoir ? Rien de moins certain, tu le sais !

À ces mots, presque à bout de forces, je me jetai à plat ventre. Mais la vieille femme, dont le trouble augmentait, se mit à me parler plus sévèrement :

– Jeunes et belles, toutes autant que vous êtes, le feu et l'aiguillon de la luxure vous poussent à faire d'Amour un dieu, alors qu'il faudrait l'appeler folie furieuse ! Vous le dites fils de Vénus, tirant sa force du troisième ciel[1], comme si les astres servaient à excuser votre folie. Vous êtes abusées. Vous avez perdu la raison ! Que dites-vous ? L'amour, mû par une Furie infernale, vole en un éclair d'un point de la terre à l'autre. Ce n'est pas un dieu : il rend fous tous ceux qui lui ouvrent leur porte ! Il se présente le plus souvent aux heureux de ce monde, comblés de richesses, dont il connaît l'esprit vide, prompt à l'accueillir. Tout le prouve. Ne voit-on pas l'autre amour, l'amour chaste, habiter sous d'humbles toits, pour la seule nécessité de la procréation ? Mais celui qu'on nomme Amour au lieu de folie ne recherche que les maisons dépravées, favorisées par la Fortune. Il dédaigne les nour-

1. Ce troisième ciel est celui de la planète Vénus. Le déterminisme astral explique sa force attractive sur les êtres et la nature.

ritures simples et les vêtements frustes, il fait convoiter les mets délicats et les habits resplendissants, y mêlant ses poisons en s'emparant des âmes malheureuses. Il préfère, en effet, habiter les riches palais, et on ne le voit jamais, ou rarement, dans les maisons des pauvres. C'est une peste qui ne choisit que les endroits luxueux, plus propres à ses forfaits ! Le menu peuple conserve des sentiments sains, mais les riches, dans leur splendide opulence, sont insatiables en amour comme dans le reste et ont des désirs au-delà du raisonnable. Ceux qui peuvent beaucoup voudraient pouvoir l'impossible ! Tu fais partie de ces gens, ma pauvre fille. L'excès de bonheur t'a conduite à de bien curieuses et honteuses préoccupations !

Après l'avoir longuement écoutée, je lui répondis :

– Tais-toi, vieille femme ! Ne parle pas contre les dieux ! Tu n'es plus bonne à l'amour, et personne, bien sûr, ne veut plus de toi. Tu critiques l'amour, condamnant aujourd'hui ce qui te plaisait autrefois. Mais si des femmes plus célèbres, plus sages et fortes que moi lui ont donné et lui donnent ce nom, pourquoi lui en donnerais-je un autre ? J'ignore quelle en est la cause – mon bonheur ou mon malheur – mais je reste sous son joug. Impuissante ! En vain j'ai lutté contre lui : vaincue, j'y ai renoncé. Je ne cesserai de souffrir qu'avec la mort ou réunie à l'homme que j'aime ! Je te crois sage ; je t'en prie, adoucis ma souffrance en m'aidant de tes conseils, ou bien cesse de la raviver en condamnant ce que mon cœur, incapable d'autre chose, désire de toutes ses forces !

Indignée non sans raison, ma nourrice n'ajouta pas un mot, mais sortit, grommelant des paroles indistinctes, me laissant seule dans ma chambre.

La chère nourrice, dont j'avais, pour mon malheur, refusé les conseils, venait de me quitter. Seule, le cœur en alarmes, je réfléchis à ses paroles. Malgré mon aveuglement, je les trouvais salutaires et sentais vaciller dans mon esprit la décision que j'avais prise devant elle avec tant de fermeté ; je pensai renoncer à ce qu'elle avait si justement condamné et fus tentée de la rappeler pour qu'elle me réconfortât. Mais un événement inattendu et soudain me détourna de cette pensée.

Au plus secret de ma chambre, venue de je ne sais où, une très belle femme apparut devant moi, entourée d'une si vive clarté que j'en soutenais à peine la vue[1]. Elle ne parlait pas, et mes yeux s'efforcaient de distinguer ses beaux traits dans cette lumière. Elle était entièrement nue, hormis un voile pourpre, très mince, qui, tout en couvrant certaines parties de son corps d'un blanc éclatant, ne m'en cachait rien, comme un verre transparent. Ses cheveux brillaient plus que l'or, de même que l'or est plus brillant que nos cheveux blonds. Elle portait sur la tête une couronne de myrtes verts, sous l'ombre desquels je pus voir deux yeux d'une incomparable beauté, au regard fascinant, et dont émanait une incroyable lumière. Le reste de son visage était si beau qu'on n'en peut voir de pareils sur terre. Elle se taisait et semblait heureuse d'être regardée ou de voir mon bonheur à la regarder. Peu à peu, elle révélait plus nettement ses beaux membres dans la lumière resplendissante : beautés indescriptibles qui ne se rencontrent pas ici-bas ! Quand elle eut constaté que je l'avais bien contemplée, voyant l'étonnement suscité par sa beauté et sa présence, elle s'adressa à moi d'un air joyeux et d'une voix bien plus douce que nos voix humaines :

« Femme, plus inconstante que tes semblables, que t'apprêtes-tu à faire sur les extravagants conseils d'une vieille nourrice ? Ignores-tu qu'ils sont plus difficiles à suivre que l'amour même que tu veux fuir ? Sais-tu qu'ils te réservent d'innombrables et insupportables tourments ?

1. La déesse Vénus.

Quelle sotte ! Tu viens de rejoindre mes rangs et, à cause des propos d'une vieille femme, tu voudrais déjà déserter avant même de connaître mes nombreux plaisirs ! Tu es bien peu sage ! Sois ferme dans ta résolution ! Écoute-moi, et vois si tu peux te satisfaire de ce qui a comblé le ciel et la terre ! Mon fils ailé règne en maître incontesté sur tout ce que le Soleil voit pendant le jour, de l'heure où ses rayons lumineux surgissent du Gange à celle où ses coursiers fatigués plongent dans les eaux d'Hespérie[1] pour se reposer, et sur toute l'étendue comprise entre le pôle glacé et le pôle torride ! Dans les cieux, ce n'est pas seulement un dieu parmi d'autres, mais le plus puissant de tous : pas un seul d'entre eux que ses armes n'aient vaincu ! Enfant léger, avec ses ailes dorées il vole en un éclair sur tous ses royaumes ; sur la corde bandée de son arc puissant il met une flèche que j'ai moi-même fabriquée et trempée dans mes eaux et, lorsqu'il a choisi un serviteur plus digne que les autres, il la décoche où bon lui semble.

« Il enflamme fougueusement les jeunes gens, ranime les ardeurs éteintes chez les vieillards fatigués, allume un feu inconnu dans les cœurs purs des vierges, brûle celui des épouses et des veuves ! Il incendia les dieux de ses brandons, leur ordonnant de quitter les cieux pour habiter la terre sous de fausses apparences. Phébus, vainqueur du serpent Python et accordeur des cithares du Parnasse, n'a-t-il pas succombé à l'amour pour Daphné, Clyméné, Leucothoé et tant d'autres[2] ? Masquant sa clarté sous la vile apparence d'un humble berger, n'a-t-il pas gardé les troupeaux d'Admète dont il aimait la fille ? Le maître du ciel, Jupiter lui-même, fut contraint par Amour à revêtir la forme d'êtres inférieurs. Tantôt il prit celle d'un oiseau

1. Hespérie : les limites occidentales du monde.

2. Phébus-Apollon est le Soleil. Comme tel, il voit tout, et la beauté ne peut échapper au regard de ce grand séducteur.

blanc et, agitant ses ailes, lança un chant plus doux que celui du cygne mourant ; tantôt, jeune taureau au front cornu, il mugit dans les campagnes, prêta son échine aux ébats d'une vierge et, ramant sur les flots de son frère Neptune avec ses sabots, défiant la noyade de son fort poitrail, il put jouir de celle qu'il avait enlevée[1]. Ne parlons pas du reste : il apparut en personne à Sémélé, séduisit Alcmène sous les traits de son mari Amphitryon, et Callisto sous ceux de Diane, se changea en pluie d'or pour posséder Danaé. Mars, cruel dieu des armes, dont le flamboiement épouvante les Géants eux-mêmes, tempéra ses âpres effets pour devenir amant. Vulcain, qui forge pour Jupiter son foudre à trois pointes et ne craint pas le feu, fut brûlé par un feu plus puissant. Moi qui suis sa mère, je n'ai su me garder de lui et j'ai pleuré la mort d'Adonis. Pourquoi de longs discours ? Aucun dieu qui ne soit blessé par Amour, sauf Diane : amante des forêts, elle seule l'a fui ou, plutôt, disent certains, elle ne l'a pas fui, elle l'a caché.

« Mais peut-être ces amours célestes te laissent-elles incrédule. En veux-tu des exemples sur la terre ? Ils sont si nombreux qu'on ne sait par où commencer ! Vaillantes amours, crois-moi ! Prenons d'abord Hercule, le robuste fils d'Alcmène : il déposa ses flèches et la terrifiante peau du lion de Némée, accepta de passer à ses doigts des émeraudes et de peigner ses cheveux embroussaillés ; sa main, qui, d'un coup de massue, avait frappé à mort le géant Antée et enchaîné Cerbère, le chien des Enfers, tira sur le fuseau rapide la laine donnée par Iole ; ses épaules, qui, à la place d'Atlas, avaient porté le ciel, furent étreintes par Iole et, par amour pour elle, il les couvrit de voiles de pourpre. Nul n'ignore ce que firent par amour Pâris, Hélène, Clytemnestre, Égiste, Achille, Scylla, Ariane,

1. Il s'agit du rapt de la vierge Europe.

Léandre, Didon, et tant d'autres que je ne citerai pas. Crois-moi, c'est un feu sacré et tout-puissant !

« Tu viens d'entendre comment mon fils soumet le ciel et la terre, les dieux et les hommes ; que diras-tu de son pouvoir sur les animaux privés de raison, dans l'air et sur la terre ? Il pousse la tourterelle à suivre son mâle, et les pigeonnes, ardentes et passionnées, à ne pas quitter leurs pigeons. Tous les animaux agissent de même. Dans les bois, les cerfs peureux, devenus féroces sous son aiguillon, luttent pour les biches convoitées et manifestent leur rut en brâmant ; les sangliers sauvages, dans leurs ardeurs, écument et aiguisent leurs crocs d'ivoire ; les lions d'Afrique, touchés par l'amour, secouent leurs crinières. Laissons-là les forêts. Les flèches de mon fils atteignent au fond des eaux froides les troupeaux des dieux marins et des fleuves. Tu le sais, Neptune, Glaucus, Alphée et d'autres en ont témoigné, impuissants à calmer sinon à éteindre sa flamme avec leurs ondes. Ce feu, éprouvé par tous les êtres sur terre et sous les eaux, pénétra dans le monde souterrain et se fit sentir à Pluton, roi des marais infernaux !

« Le ciel, la terre, la mer, l'enfer éprouvent ses armes et, pour le dire en un mot, sa puissance. Sache-le, tout est soumis à Nature ; nulle puissance ne s'en affranchit ; elle-même est assujettie à Amour. Quand il l'ordonne, les vieilles haines meurent, les colères passées et présentes cèdent devant ses feux ; son pouvoir est si grand qu'il rend parfois les marâtres aimables à leurs beaux-fils : n'est-ce pas stupéfiant[1] ?

« Que cherches-tu donc ? Qu'as-tu à craindre ? Que fuis-tu si sottement ? Il triomphe de tant de dieux, d'hommes, d'animaux, et tu aurais honte d'être vaincue par lui ? Tu ne sais ce que tu fais ! Que redoutes-tu ? Des

1. Ce discours concerne Éros, force d'union à l'origine du monde, incarnation du désir étendue à tout ce qui existe. Nous sommes assez loin d'une imagerie mièvre.

reproches pour t'être soumise à son pouvoir ? Mais tu es excusée par cent crimes plus graves et par l'exemple de gens qui te dépassent ! Si tu n'es pas émue par mes paroles et que tu veuilles malgré tout résister, songes-y, ta force n'est pas celle d'un Jupiter. Tu ne peux égaler Phébus par l'intelligence, ni Junon par les richesses, ni moi-même par la beauté, et nous avons tous été vaincus ! Crois-tu être la seule à ne pas l'être ? Erreur ! Tu finiras par succomber ! Ce qui a fait le bonheur du monde devrait te suffire ! Ne te laisse pas intimider par ces mots : "J'ai un époux, la sainte loi et l'engagement du mariage m'empêchent d'agir ainsi !" Ce sont de vaines objections contre la puissance d'Amour ! Il se moque bien des autres lois ; il les annule et impose les siennes ! Pasiphaé et Phèdre étaient mariées, et moi-aussi quand j'ai aimé. Même les maris aiment ailleurs. Regarde Jason, Thésée, le puissant Hector, Ulysse. Nous ne les insultons pas en leur réservant le même traitement ! On ne leur a pas concédé plus de privilèges qu'aux femmes ! Laisse ces soucis inutiles. Continue d'aimer sans crainte ! Mais si tu ne veux pas te soumettre à la puissance de l'amour, tu auras beau fuir, l'amour te suivra et te rattrapera ! Sa puissance est universelle. Où que tu ailles, tu es sous son règne, et personne n'y trouve abri contre ses blessures. Garde-toi seulement de la souillure d'une abominable passion, comme celle de Myrrha, Sémiramis, Byblis, Canacé et Cléopâtre[1]. Mon fils n'en usera pas avec toi autrement qu'avec les autres. C'est un dieu, il a ses lois, et, contrairement à ce que tu pourrais croire, tu n'es ni la première, ni la dernière à les suivre. Ne parlons pas du reste du monde, peuplé d'amours, mais dans ta propre ville, Naples, les femmes amoureuses sont légion ! Souviens-t-en : les actes accomplis par le plus grand nombre ne peuvent être appelés honteux ! Viens à ma suite, et

1. Allusion aux amours incestueuses qui seront racontées au chapitre 8.

remercie-moi de t'avoir donné à contempler ma divinité et ma beauté. Je t'ai choisie, dans la foule des ingénues, pour que tu jouisses de mes bienfaits ! »

Dames compatissantes (Amour puisse-t-il combler vos désirs !), de grâce, dites-moi : que devais-je, que pouvais-je répondre au discours d'une telle déesse, sinon : « Qu'il soit fait selon ta volonté » ?

Elle se taisait. Je réfléchis à ses paroles. Elles avaient amplement de quoi m'excuser ! Je l'avais reconnue et me préparai à lui répondre. Me levant soudain de mon lit et m'agenouillant à terre humblement, toute craintive, je lui dis :

– Ô toi, unique et éternelle beauté, céleste déesse qui règnes seule sur mon esprit, toi dont la puissance est d'autant plus implacable qu'on s'en défend, pardonne-moi d'avoir sottement résisté aux armes de ton fils ! Selon ta promesse, récompense ma fidélité le moment venu afin que j'augmente le nombre infini de tes sujets en te glorifiant auprès des autres femmes !

J'avais à peine fini de parler qu'elle s'avança vers moi. Le visage enflammé de désir, elle me prit dans ses bras et me baisa le front. Puis, comme Amour, sous les traits d'Ascagne, insuffla chez Didon un feu secret[1], son souffle, dans ma bouche, raviva le désir dans mes veines ! Écartant son voile pourpre, elle me montra l'image du jeune homme que j'aimais, placée entre ses seins délicats et enveloppée de son voile transparent avec une sollicitude toute pareille à la mienne. Elle me dit alors :

– Jeune femme, regarde cet homme. Je ne t'ai pas donné pour amant un monstre, ni un gueux de comédie. Il mériterait l'amour d'une déesse. Selon ma volonté, il t'aime et t'aimera toujours plus que lui-même ! Donne-toi

1. Dans l'*Énéide*, Amour prend les traits d'Ascagne, fils d'Énée, et, dans un baiser, insuffle à Didon une folle passion pour Énée, son hôte.

avec joie à son amour, et n'aie crainte. J'ai entendu tes prières, elles méritent ma pitié. À coup sûr, tu seras exaucée. »

Et, sans rien ajouter, elle disparut soudainement à ma vue.

Pauvre de moi ! En voyant ce qui m'est arrivé par la suite ce n'est pas Vénus, j'en suis certaine, qui m'était apparue, mais Tisiphone[1] ! Celle-ci imitait Junon, qui masquait sa clarté divine sous un corps de vieille femme pour apparaître à Sémélé. Comme elle, cachant son horrible chevelure, elle prit les traits éclatants de la beauté pour me donner un conseil qui consommerait ma perte ! Petite sotte, crédule, je vous ai repoussées, vous, tendre fidélité à un époux, respectable pudeur, sainte chasteté, unique et cher trésor des femmes honnêtes ! Accordez le pardon à une pécheresse qui a subi sa pénitence !

Après le départ de la déesse, mon âme se prépara à goûter ses plaisirs. La passion m'ôtait la raison, mais j'eus la grâce de conserver un reste de lucidité ; je compris qu'un amour au grand jour n'avait aucune chance, ou bien peu, d'aboutir. Cela me donna beaucoup à penser, et je décidai, même si cela devait m'en coûter, d'emprunter les voies de la raison pour satisfaire mon désir.

Je fus entravée par divers obstacles. Malgré cela, je trouvai l'énergie de ne pas trahir mon douloureux secret. J'y suis toujours déterminée. J'écris l'exacte vérité, mais j'ai présenté les faits de telle sorte que quiconque, fût-il très perspicace, ne pourrait me reconnaître à travers ces lignes, excepté l'homme qui en partage avec moi le secret. Et si jamais ce petit livre tombe entre ses mains, je le supplie, pour l'amour qu'autrefois il me porta, de se taire sur ces choses. En les révélant, il n'en tirerait ni honneur

1. Une des Érinyes, divinités infernales à la chevelure de serpents.

ni avantage. Je n'ai pas mérité qu'il me privât de sa personne, qu'il me laisse au moins l'honneur dont je suis injustement dépositaire, mais qu'il ne pourrait pas me rendre non plus !

Quoi qu'il m'en coûtât, je demeurai fermement décidée à réprimer les manifestations de mon amour. Dès que j'en eus l'occasion, je m'employai fort habilement à allumer chez le jeune homme les mêmes feux dont je brûlais, et à l'inviter, comme moi, à la prudence. À vrai dire, je n'eus guère d'efforts à faire et, si les apparences témoignent des mouvements du cœur, je compris bien vite qu'il répondait à mon désir : j'eus le vif plaisir de voir qu'il était ardemment amoureux, mais aussi fort prudent ! Très circonspect, il voulut préserver mon honneur et attendre l'occasion propice à ses desseins : non sans peine, il s'employa avec beaucoup d'habileté à capter la confiance de tous les gens de ma famille et, enfin, celle de mon mari. On la lui accorda si pleinement qu'on n'appréciait plus rien sans le lui faire partager. Vous comprendrez ma satisfaction, sans que je l'écrive : il faudrait être stupide pour nier que cette familiarité me donnait d'excellentes occasions de lui parler en public, et réciproquement.

Mais il dut juger qu'il était temps d'agir plus subtilement. S'il voyait que je pouvais l'écouter et le comprendre, il disait à tel ou tel des choses qui m'apprirent – tant j'étais désireuse d'apprendre ! – que nous pouvions déclarer nos sentiments et nous répondre mutuellement non seulement avec des mots, mais aussi avec des gestes et des expressions du visage. Ce jeu me plut. J'y mis tant d'adresse que nous comprenions tout ce que l'autre exprimait. Sans en rester là, il s'ingénia, employant un langage figuré, à m'apprendre ce code et à m'assurer de son amour. Pour moi, il trouva le nom de « Fiammetta » et, pour lui, celui de « Pamphile[1] ». Bien souvent, devant moi et mes familiers, échauffé par la fête, les mets et l'amour, il raconta comment Fiammetta et Pamphile, héros grecs, tombèrent amoureux l'un de l'autre, et les péripéties qui avaient suivi, donnant aux lieux et aux personnages des noms appropriés ! Maintes fois je ris de sa sagacité autant que de la naïveté des auditeurs ; je craignais, parfois, que sa ferveur n'entraînât ses paroles, par inadvertance, là où elles ne voulaient pas s'égarer ! Plus sage que je ne le pensais, il se gardait adroitement d'un mot qui nous aurait trahis.

Dames compatissantes, que de choses Amour n'enseigne-t-il pas à ses sujets ! Comme il en fait d'habiles élèves ! Moi qui n'étais qu'une jeune femme sotte, tout juste capable d'ouvrir la bouche dans les conversations simples et ordinaires avec mes compagnes, j'adoptai avec tant d'enthousiasme le langage du jeune homme que j'aurais pu, en un rien de temps, surpasser tous les poètes en imagination et en éloquence ! Il était rare que je ne répondisse à ses fictions par une histoire fort bien inventée. J'ai raconté des choses dont l'initiative et l'exécution seraient difficiles pour une jeune femme. Mais elles paraîtraient bien insignifiantes si je devais relater comment nous mîmes habilement à l'épreuve la fidélité d'une de mes plus proches suivantes : nous décidâmes de lui révéler notre amour secret car, faute de moyens, nous ne pensions pouvoir le cacher longtemps sans en souffrir. Je ne parlerai pas des stratagèmes dont nous usions, lui et moi, en mille occasions. Personne, je crois, n'en a usé ni imaginé de pareils. Et même si je sais, à présent, que ce fut pour mon malheur, je n'en éprouve aucun regret !

Je ne crois pas me tromper en affirmant que nous fîmes

1. Le surnom donné à la dame (« Petite-Flamme ») évoque le *senhal* de la littérature courtoise, celui qui garantit son incognito. Il constitue une des clés du personnage, tout comme celui de « Pamphile » : « Tout-Aimant ».

preuve d'une grande fermeté d'âme, si l'on veut bien considérer la difficulté, pour deux jeunes amoureux débordant de désir, de ne pas s'écarter de la voie de la raison. Une telle fermeté, chez les hommes les plus forts, mériterait les plus grands éloges. Mais ma plume, plus lascive que chaste, s'apprête à dépeindre ces joies ultimes de l'amour : personne ne peut en désirer ni en goûter de plus grandes ! Avant d'y arriver, j'en appelle à votre compassion et à cette force amoureuse qui, dans vos tendres cœurs, vous fait désirer de telles joies. Qu'elles soient mon excuse, si mes paroles (je ne parle pas de mes actes, car si vous n'avez pas encore franchi le pas vous en mourez d'envie !) vous sont pénibles ! Et toi, honnête pudeur, que j'ai connue trop tard, pardonne-moi ! Je t'en prie, abandonne un peu les femmes et leur timidité. Sans ta contrainte, elles liront sereinement à mon sujet ce qu'elles-mêmes attendent de l'amour[1] !

Les jours passaient, et notre désir se nourrissait d'espoir et d'impatience, chose difficile à supporter pour l'un comme pour l'autre, même si l'un déclarait son désir à mots couverts, tandis que l'autre faisait mine de ne pas vouloir l'écouter. Les femmes amoureuses agissent ainsi, vous le savez, vous qui tentez peut-être de résister à ce qui vous fait le plus envie ! Le jeune homme ne prêtait guère attention à mes paroles. Il chercha un endroit et une occasion favorables, et, agissant avec plus de témérité que de sagesse, plus d'audace que de réflexion, il obtint de moi ce que je désirais autant que lui, même si je feignais le contraire ! Si c'était là ma seule raison de l'aimer, j'avouerais que le souvenir m'en serait à chaque fois très pénible, mais, Dieu m'en soit témoin ! ce ne fut pas et ce

1. Au-delà des conventionnelles précautions oratoires, Boccace revendique, par la voix de la femme, ce qu'il affirmera dans le *Décaméron* : les droits intangibles au total épanouissement amoureux, sexuel aussi bien que sentimental.

n'est toujours pas la plus importante. Toutefois, je n'irais pas jusqu'à nier que je trouvai – et trouve encore – cela fort agréable ! Quelle femme serait assez sotte pour refuser de tenir dans ses bras l'homme qu'elle aime ? Cela ne la rend-il pas plus amoureuse ?

Avant d'y goûter, je n'avais pas songé au plaisir extrême de ces étreintes. La chance et notre prudence nous en donnèrent plusieurs fois la consolation, même si j'ai l'impression que ces heures-là se sont enfuies comme le vent ! Pendant cette période de bonheur – Amour m'en est seul témoin ! –, Pamphile me rejoignais en cachette chaque fois qu'il pouvait le faire sans courir de risque. Quelle joie pour lui de retrouver ma chambre adorée ! Elle était le sanctuaire de sa dévotion ! Ah ! Que de doux baisers, que de tendres enlacements, que de nuits blanches, passées à parler, plus agréables que des journées de soleil ! Que de plaisirs chers aux amants dans ce temps de bonheur !

Ô sainte pudeur, frein cruel aux âmes curieuses, pourquoi ne t'éloignes-tu pas à ma prière ? Pourquoi empêches-tu ma plume de raconter les détails de mon bonheur et d'apitoyer davantage les cœurs amoureux sur mes malheurs ? Tu crois m'aider, et tu me fais du tort. Je voulais en dire davantage, et tu me retiens !

Celles d'entre vous qui sont assez intelligentes pour comprendre à demi-mot n'ont qu'à éclairer les moins instruites ! Et que nulle ne me traite de folle, ni ne me suppose ignorante, car je sais parfaitement qu'il y aurait eu plus de décence à taire ces choses qu'à les écrire ! Mais qui résisterait à Amour et à ses forces ?

Parvenue à cet endroit de mon récit, j'ai posé plusieurs fois ma plume, et plusieurs fois je l'ai reprise sur les instances d'Amour. N'ayant su lui résister dès le début en femme libre, j'ai fini par lui obéir en esclave !

Il me montra que les voluptés secrètes valent autant que les trésors enfouis sous terre. Pourquoi ces mots me sont-ils si délicieux à écrire ? Je puis affirmer que je remerciai alors la sainte déesse qui m'avait promis et donné ces plaisirs. Que de fois me suis-je rendue à ses autels, brûlant de l'encens, le front couronné de ses feuillages ! Que de fois ai-je blâmé les conseils de la vieille nourrice ! Plus heureuse que mes compagnes, je me moquais de leurs amours, condamnant dans mes propos ce qui me tenait le plus à cœur, tout en me disant : « Aucune n'est aimée comme moi ; aucune n'aime un homme aussi digne d'être aimé que le mien, aucune ne jouit autant que moi des fruits de son amour ! »

Bref, le reste du monde ne comptait plus pour moi ; j'avais l'impression que ma tête touchait le ciel. Je pensais qu'une seule chose me manquait pour que je fusse au comble du bonheur : pouvoir révéler au grand jour ce qui faisait ma joie. Je croyais que les autres devaient avoir les mêmes raisons que moi d'être heureux ! Mais la honte et la peur me retinrent : l'une menaçait de me couvrir à jamais d'infamie, l'autre de perdre ce que l'hostilité de la Fortune me ravit par la suite.

Amour voulut donc que je vécusse ainsi quelque temps, amoureuse et satisfaite, sans rien envier aux autres femmes et sans songer que le plaisir dont mon cœur jouissait sans retenue deviendrait un jour la cause et l'aliment de mon malheur, comme j'en fais aujourd'hui, bien inutilement, la triste expérience.

CHAPITRE 2

Fiammetta relate les raisons qui font s'éloigner d'elle son amant, puis le départ de celui-ci et la douleur qu'elle en éprouva.

Sans souci de l'avenir, je menais la vie heureuse et charmante, très chères dames, que je viens de vous décrire. Pendant ce temps, sans que j'en susse rien, la Fortune ennemie concoctait pour moi ses poisons et me poursuivait de sa malveillance. Il ne lui suffisait pas d'avoir fait d'une femme maîtresse d'elle-même une esclave d'Amour. Voyant que cet esclavage m'était agréable, elle trouva des piqûres plus vives pour accabler mon âme. Quand elle jugea le temps venu, elle me prépara, comme vous allez l'apprendre, un breuvage amer que je fus forcée de goûter et qui changea la joie en tristesse et la douceur du rire en l'amertume des larmes. À l'idée de devoir révéler ces choses pénibles, je suis prise de pitié pour moi-même et, sentant mes forces m'abandonner, mes yeux se remplir de larmes, je ne suis pas loin d'y renoncer. Je m'efforcerai pourtant, tant bien que mal, d'aller au bout de mon propos.

Le hasard voulut que, pendant une de ces longues et silencieuses nuits d'hiver où le temps, pluvieux et froid, se fait triste, mon amant et moi reposions sur le confortable lit de ma chambre. Nous commencions à être fatigués de nos joutes amoureuses. La vive lumière d'une lampe faisait briller dans nos yeux la joie de nous voir l'un et l'autre si beaux. Je parlais de choses et d'autres, et mes yeux buvaient dans sa beauté cette extrême douceur qui semblait les enivrer, car ils succombèrent peu après au sommeil et se fermèrent, coupant court à mes paroles.

Mon sommeil se dissipa aussi vite qu'il était venu. J'entendis mon amant murmurer une plainte. Je m'inquiétai aussitôt pour sa santé et fus sur le point de lui demander : « Qu'as-tu ? » Mais, curieusement, je changeai d'avis et me tus. Il me tournait le dos. L'œil aux aguets, l'oreille tendue, je l'observai attentivement et l'écoutai un moment. Je ne parvins pas à saisir ce qu'il disait, mais je constatai que de lourds sanglots l'oppressaient et que des pleurs baignaient sa poitrine et son visage.

Quels mots pourraient exprimer ma réaction à la vue de ces larmes dont j'ignorais la cause ? Mille pensées traversèrent mon esprit : toutes aboutissaient à l'idée qu'il devait aimer une autre femme et s'en trouvait contrarié. À plusieurs reprises, je fus sur le point de lui demander ce qui le faisait souffrir, mais j'y renonçai, craignant qu'il n'eût honte d'être surpris en train de pleurer. Je détournai plusieurs fois les yeux pour éviter que mes larmes, en tombant sur lui, ne lui fissent supposer que je le regardais. Dans mon impatience, je cherchai vainement un moyen de lui faire comprendre que j'étais éveillée mais que je ne m'étais aperçue de rien. Je brûlai d'une envie folle de savoir pourquoi il pleurait. Pour attirer son attention, je fis comme les dormeurs que la peur arrache brusquement à un rêve de chute, de bête féroce ou d'autre chose : je sursautai en poussant un cri d'effroi et en projetant mon bras sur son épaule. La ruse fonctionna car, cessant de pleurer, il se tourna aussitôt vers moi avec un visage souriant et me demanda d'une voix tendre :

– Qu'est-ce qui t'a effrayée, chère âme ?

Je lui répondis aussitôt :

– Je rêvais que je te perdais !

Ces mots, hélas ! inspirés par je ne sais quel esprit, présageaient et annonçaient exactement l'avenir, comme je le constate à présent ! Mais il répondit :

– Ô mon aimée, tu ne me perdras qu'avec la mort !

Et il accompagna ses mots d'un long soupir dont je lui demandai la raison, brûlant d'apprendre la cause de ses pleurs : aussitôt, un flot de larmes jaillit de ses yeux comme d'une fontaine et baigna à nouveau sa poitrine. J'attendis un long moment, peinée et larmoyante, car ses sanglots l'empêchaient de répondre à mes nombreuses questions. Dès que cette violence se fut un peu calmée, il me dit d'une voix étranglée de sanglots :

– Mon adorée, je t'ai donné la preuve que je t'aimais plus que tout au monde ! Mes pleurs sont sincères et, crois-moi, j'ai de tristes raisons de répandre ces larmes ! Une pensée trouble ma joie d'être auprès de toi : celle de ne pouvoir me partager en deux, comme je le voudrais, pour satisfaire en même temps à l'amour – en restant ici – et à l'affection – en me rendant là où me réclame un devoir pressant ! Mais c'est impossible et mon cœur souffre mille morts. L'affection m'arrache à tes bras, le pouvoir de l'amour m'y retient !

Ces paroles mirent dans mon pauvre cœur une tristesse jamais éprouvée jusque-là. Mon esprit n'en saisissait pas bien le sens, mais je souffrais de les entendre : mon cœur les ressentait durement et mes yeux se remplissaient de larmes. Pour la première fois, mon plaisir était contrarié par la souffrance ; je n'avais encore jamais versé de tels torrents de larmes, et rien, ni ses mots, ni ses marques de réconfort, ne pouvait les arrêter. Après avoir longuement pleuré, je rassemblai mes forces et le suppliai de m'expliquer quelle était cette affection qui aurait dû l'arracher à mes bras. Sans calmer ses pleurs, il me répondit :

– La mort, que nul d'entre nous ne peut éviter, a privé mon père de ses nombreux enfants, ne lui conservant que moi. Il est âgé et veuf, et n'a d'autre soutien que moi, ni ne peut en espérer d'autre. Voilà des années qu'il ne m'a vu, et il réclame le réconfort de ma présence. Depuis des mois, j'avance des prétextes pour me dérober et ne pas te quitter. Ces derniers temps, il ne voulait plus rien entendre et me suppliait sans cesse de le rejoindre, invoquant l'enfant qu'il a tendrement élevé, l'amour qu'il m'a toujours porté et celui que je lui dois, mon obéissance filiale, et des raisons plus graves encore. De plus, il m'en fait prier instamment par des amis et des parents, disant que, s'il ne me revoit pas, son âme, désespérée, le quittera. Ah ! que les lois de la nature sont fortes ! Malgré mon immense amour pour toi, je n'ai pu m'empêcher de faire une place à cette affection ! Décidé à aller le voir – avec ta permission – et à rester quelque temps auprès de lui pour le réconforter, j'ignore comment je pourrais vivre sans toi. Ces pensées m'obsèdent ; j'ai bien de quoi pleurer !

Puis il se tut.

Mesdames, s'il s'est trouvé parmi vous une amoureuse passionnée dans mon cas, elle seule comprendra, je l'espère, la tristesse que j'éprouvai en cet instant-là ! Je renonce à l'expliquer aux autres : sans l'exemple vécu, aucun mot n'y pourrait suffire. Bref, en entendant ces paroles, j'aurais rendu l'âme si ma vie n'avait reposé entre les bras de celui que j'aimais ! La crainte et l'accablement me laissèrent sans voix. Au bout d'un long moment, se familiarisant avec cette souffrance toute nouvelle, mon âme redonna un peu de forces à mes faibles esprits ; mes yeux s'humectèrent et s'ouvrirent aux larmes ; ma langue retrouva la parole. Me tournant vers le maître de ma vie, je lui dis :

– J'ai mis en toi ma suprême espérance ! Puisse mes mots pénétrer ton âme avec assez de force pour changer ta décision : si tu m'aimes comme tu le prétends, c'est le seul moyen pour que nos deux vies ne quittent pas ce monde avant le jour fixé ! Tiraillé entre l'amour et la piété filiale, tu compromets notre avenir. Si tu ne m'as pas menti les fois nombreuses où tu m'as juré ton amour, moi vivante, nul autre sentiment ne peut lui résister, ni t'entraîner ailleurs ! En voici les raisons : ton départ mettrait ma vie en danger. Un seul jour passé loin de toi m'est insupportable ! Si tu t'en vas, crois-moi, toute ma joie s'en ira. Et si ce n'était que cela ! La tristesse me tuera peut-être, me tuera certainement ! Une faible jeune femme, tu l'as constaté, sait se montrer forte et courageuse face aux épreuves. Si tu laisses entendre que j'en ai supporté de plus dures quand il fallait me montrer prudente et forte pour t'aimer, je veux bien l'admettre. Mais c'était pour une autre raison : mon espoir, alors, dépendait de ma seule volonté et non de celle d'autrui, comme aujourd'hui, et ma peine était plus légère à porter. Même si mon désir avait rencontré d'insurmontables obstacles, personne n'aurait empêché que tu m'appartinsses, amoureux comme nous l'étions l'un de l'autre ! Personne ! Mais si tu es loin de moi, c'est différent. Et puis, tout en t'appréciant beaucoup, je ne te connaissais que de vue : maintenant, je sais qui tu es. J'ai pu vérifier que tu as bien plus de prix que je ne me le figurais ; tu es devenu mien, j'en suis aussi certaine que toute femme peut l'être vis-à-vis de son amant. On souffre plus de perdre ce qu'on a que ce que l'on espère avoir, même si cet espoir est réalisable. Au bout du compte, ma mort est certaine. En faisant passer l'affection pour ton vieux père avant celle que tu me dois, tu me feras mourir ; agir ainsi n'est pas d'un amant, mais d'un ennemi. Veux-tu, peux-tu, si j'y consens, préférer les quelques années qui restent à vivre à un vieillard à toutes celles que je peux raisonnablement espérer ? Quelle injuste affection ! Crois-tu, Pamphile, que quelqu'un, quel que soit son lien d'amitié ou de parenté avec toi, puisse t'aimer comme je t'aime ? Tu te trompes. En vérité, personne ne t'aime autant que moi ! Et si je t'aime davantage, j'ai droit à plus d'affection : je dois passer avant les autres ! Renonce à tout sentiment qui pourrait blesser celui que tu as pour moi, et laisse ton père tranquille : il a vécu longtemps sans toi, il n'a qu'à continuer, ou mourir ! Si j'ai bien compris, la mort l'a épargné pendant de longues années ; il a vécu plus que son temps ; s'il connaît les misères de la vieillesse, tu te montreras plus charitable en le laissant mourir qu'en prolongeant ces misères par ta présence. C'est moi qu'il faut aider, moi qui n'ai guère vécu et ne saurai guère vivre sans toi, moi qui, jeune encore, espère vivre avec toi de longues et heureuses années ! Si ta présence auprès de ton père pouvait le rajeunir, comme Éson les philtres de Médée[1], je trouverais ta compassion filiale légitime et t'ordonnerais de le rejoindre, dût-il m'en coûter ; mais c'est impossible, tu le sais. Serais-tu plus cruel que je ne le pense ? Te suis-je indifférente, moi, l'élue de ton cœur, au point que tu fasses passer l'affection pour un vieil homme, donné par le hasard, avant ton amour pour moi ? Tu dois te soucier de ton sort plus que du mien ou de celui de ton père ! Si j'en crois les apparences et tes propres paroles, une heure où tu étais empêché de me voir, et tu étais plus mort que vif ! À cause d'une pitié mal venue, tu penses pouvoir demeurer longtemps loin de moi ? Réfléchis bien, mon Dieu ! Pour sauver la vie d'autrui, tu risques de perdre la tienne : une longue douleur peut être

1. Jason demanda à Médée, la magicienne, de rajeunir son vieux père, Éson, selon la légende rapportée par Ovide dans ses *Métamorphoses* (livre VII).

mortelle. Ce départ te coûte. Je vois tes larmes et je sens ton cœur qui bat la chamade ! Si tu n'en meurs pas, ta vie sera pire que la mort. Mon cœur amoureux a pitié de nous deux ! Je t'en supplie, ne sois pas assez stupide pour risquer ta vie au nom de la pitié que t'inspire une personne, quelle qu'elle soit ! Penses-y : sans l'amour de soi on ne possède rien. Ton père, objet de ton affection, ne t'a pas donné la vie pour que tu choisisses la mort. S'il connaissait notre situation, il te dirait certainement : « Reste ! » au lieu de : « Viens ! » – sinon par sagesse, du moins par affection. C'est évident. Cette réponse, c'est comme s'il l'avait faite : écoute-le donc et renonce à ce départ qui te coûte autant qu'à moi ! À ces excellentes raisons de rester, s'en ajoute une autre, penses-y, l'endroit où tu te rends : Florence[1]. Il est normal d'être attaché à sa ville natale, mais tu m'as dit que tu t'y trouvais malheureux. Ce sont tes propres mots : une ville où l'on est vantard mais pusillanime, une ville qui n'est pas assujettie aux lois mais à autant d'avis qu'il y a de citoyens, toute bruissante d'armes, toujours en guerre, au-dehors comme au-dedans, pleine de gens orgueilleux, cupides et envieux, de tracas innombrables, toutes choses qui s'accordent mal avec ton caractère. Ce n'est pas Naples, que tu t'apprêtes à quitter : gaie, pacifique, opulente, splendide, régie par un monarque, toutes choses selon ton goût si je te connais bien. Ajoutes-y une chose : moi, que tu ne trouveras nulle part ailleurs ! Alors abandonne ton triste projet, change d'avis ! Reste, je t'en supplie, et sauve nos deux vies !

Mes paroles avaient accru ses larmes que je buvais au milieu de mes baisers. Après force soupirs, il me répondit :

– Seul trésor de mon âme, tu as raison, je le sais, et tous les dangers dont tu parles, je les connais ; mais, en

1. La critique du système républicain de Florence a pour pendant l'éloge de la monarchie angevine et de sa capitale, Naples.

peu de mots, voici ce que je suis forcé de te répondre : tu ne peux me refuser de payer cette lourde dette au prix d'un léger sacrifice ; je me dois à mon affection filiale, mais bien davantage à notre amour, crois-moi. Si nous pouvions le révéler au grand jour, je me trouverais excusable. J'imagine que mon père, et même tout le monde, approuverait tes raisons. Je le laisserais mourir sans qu'il m'ait revu ! Mais, notre amour devant rester caché, je ne pourrais manquer à mes devoirs filiaux sans encourir la réprobation et le déshonneur. En accomplissant mon devoir pour éviter ces reproches, nous n'aurons l'infortune d'être privés de plaisir que trois ou quatre mois. Et avant même cette échéance, nous aurons la joie de nous retrouver. Si je me rends dans un endroit aussi peu attrayant que tu le dis (vu que tu n'y seras pas !), tu dois être contente : à défaut d'autres raisons, un lieu aussi peu fait pour moi m'incitera à le quitter et à revenir ici. Alors, laisse-moi m'en aller. Tu as veillé à mon honneur et à mon intérêt ; dans le cas présent, sois patiente : sachant combien ce contretemps t'est pénible, je serai assuré que tu donnes autant de prix à mon honneur qu'à moi.

Il se tut, et je repris aussitôt :

– Tu ne reviendras pas sur ta décision, je le vois bien. Tu n'as pas l'air de prendre en considération l'inquiétude dans laquelle ton éloignement va plonger mon âme. Pas un jour, pas une nuit, pas une heure où elle ne sera en proie à mille peurs ! Je craindrai sans cesse pour ta vie ! Que Dieu la prolonge au-delà de la mienne d'autant d'années que tu le souhaites ! Je n'en finirais pas d'énumérer mes sujets de crainte. Les étoiles dans le ciel, les grains de sable dans la mer sont moins nombreux que les menaces et les dangers quotidiens auxquels est exposée la vie humaine. Ton départ me laissera la mort dans l'âme ! Ah ! quelle triste vie que la mienne ! J'ai honte de te dire ce qui me passe par la tête, mais, vu les choses que j'ai entendues, je me vois forcée de t'en parler. Dans ton pays, dit-on, beaucoup de femmes belles et désirables sont faites pour aimer et être aimées : si l'une d'elles te plaisait et qu'elle te fasse m'oublier, que deviendrais-je ? Tu m'aimes, à ce que je vois : que ferais-tu si je te laissais pour un autre ? Pourtant, jamais je ne le ferai : plutôt me donner la mort de mes propres mains ! Laissons cela, et ne tentons pas les dieux en jouant les oiseaux de malheur ! Tu es fermement décidé à partir ? Comme je ne cherche rien d'autre qu'à te plaire, il faut bien que je m'y résigne. Mais, je t'en supplie, fais-moi ce plaisir, si possible : diffère un peu ton départ, que je puisse m'habituer à cette idée en y pensant constamment et me préparer ainsi à supporter ton absence. Cela ne te coûtera guère. La mauvaise saison plaide pour moi. Regarde le ciel noir qui menace la terre des pires catastrophes : pluie, neige, vent, tonnerre épouvantable ! Les orages continuels ont transformé le moindre ruisseau en torrent impétueux. Il faudrait peu s'aimer soi-même pour prendre la route par un temps pareil ! Alors fais-le pour moi ou, sinon, par devoir : laisse passer l'hiver, attends le printemps ; tu pourras voyager plus sûrement et, habituée d'ici là à cette triste pensée, j'attendrai plus patiemment ton retour.

Sa réponse vint sans tarder :

– Chère âme, que la joyeuse espérance de mon retour tempère ces angoisses et ces inquiétudes auxquelles je t'abandonne à contrecœur, mais que je partage. Il n'est pas raisonnable de se préoccuper de la mort qui, à son heure, peut me surprendre ici comme ailleurs, ni de tout ce qui pourrait m'arriver de bon ou de mauvais. Le bien et le mal sont là où Dieu dispense Sa colère ou Sa faveur, et l'homme ne saurait s'y soustraire. Remets donc cela entre Ses mains, à Lui qui connaît nos besoins mieux que nous, et ne te soucie de rien : prie-Le seulement que tout se passe bien. Jupiter[1] lui-même ne pourrait me forcer à appartenir à une autre qu'à ma Fiammetta. Amour t'a rendue maîtresse de mon cœur. Sois-en sûre, la terre portera les étoiles, et le ciel labouré par des bœufs produira des moissons avant que Pamphile appartienne à une autre ! Si je croyais utile pour nous de retarder mon départ, je le ferais plus volontiers que tu ne me le demandes : mais plus je le repousserai, plus il augmentera notre peine. Si je pars maintenant, je serai plus vite revenu ! Mon absence sera tellement courte que tu n'auras même pas le temps de te préparer à la souffrance ! Tu n'en souffriras pas plus qu'à la seule idée de me voir partir. Quant au mauvais temps, j'y suis habitué et je prendrai mes dispositions. Dieu fasse que j'en prenne d'aussi bonnes pour mon retour ! Accepte donc la chose avec courage. Puisqu'il faut en passer par là, autant faire sans tarder ce que nous renverrions au prix de peines et d'appréhensions !

Mes pleurs s'étaient calmés quand je lui avais parlé mais, quand j'entendis sa réponse, bien différente de celle que j'espérais, ils redoublèrent ; je posai ma tête lourde sur sa poitrine et restai ainsi, sans parler. Mille pensées tournaient dans mon esprit ; j'étais incapable de l'approuver ou de le désapprouver. Que lui répondre, sinon : « Fais ce qui te plaît, mais reviens vite ! » ? C'est ce que je finis par faire, accablée de douleur, versant un flot de larmes, tout en ajoutant que ce serait miracle s'il me retrouvait vivante.

Après ces mots, nous nous consolâmes mutuellement. Essuyant nos larmes, nous y mîmes un terme pour cette nuit-là.

1. Jupiter ne remplace pas le Dieu chrétien. Sa présence, ainsi que celle de divinités païennes (« les dieux »), est le signe d'une culture qui, à l'approche de la Renaissance, s'imprègne peu à peu du monde antique et de ses représentations. À la chapelle Sixtine, dans le *Jugement dernier* de Michel-Ange, on voit le mythologique Charon côtoyer les saints !

Avant son départ, il vint me retrouver à plusieurs reprises. La date approchait : il jugea mon attitude et mes dispositions bien changées. Nous passâmes notre dernière nuit – ma dernière nuit de bonheur ! – à parler de mille choses et à pleurer. Bien que la saison en prolongeât les heures, cette nuit me sembla des plus courtes. Déjà l'aube, ennemie des amants, faisait pâlir les étoiles dans le ciel. Quand j'entendis le chant du coq, je le pressai contre moi en lui disant :

– Mon doux maître, qui m'arrache à toi ? Quel dieu est à ce point courroucé contre moi qu'on puisse dire de mon vivant : « Pamphile n'est pas là où se trouve sa Fiammetta » ? Pauvre de moi ! Où vas-tu donc, loin d'ici ? Quand pourrai-je t'embrasser à nouveau ? Jamais, j'en ai peur. Je ne sais ce que me dit mon cœur : il pressent un malheur.

Je pleurais amèrement, il me réconfortait et je le couvrais de baisers. Ces étreintes nous retenaient au lit, mais il nous fallut nous lever : le jour nous y forçait. Il s'apprêtait à m'embrasser une dernière fois quand je lui dis :

– Voici venu le moment de t'en aller, mais promets-moi de revenir bien vite ! S'il te plaît, jure-le moi ! J'aurai confiance en ta parole ; j'y trouverai une assurance pour l'avenir et un réconfort dans l'attente !

Mêlant ses larmes aux miennes, dans l'abattement de l'âme, il se pendit à mon cou et me dit d'une voix faible :

– Je te jure sur Apollon lumineux, qui se lève si tôt pour hâter notre séparation, lui dont les rayons me guideront, je te jure sur l'amour éternel que je te porte et sur cette piété filiale qui m'arrache à toi qu'il ne se passera pas quatre mois avant mon retour, si Dieu le veut !

Il prit ma main droite dans sa droite et, se tournant vers les saintes images[1], il prononça ces mots :

1. Il s'agit de statuettes. Mais il existait aussi de petits tableaux de dévotion qu'on possédait chez soi, et qui connurent une grande diffusion au XIVe siècle.

– Dieu qui régissez le ciel et la terre, soyez témoins de ma promesse et de mon engagement ; et toi, Amour, qui connais ces choses, assiste-nous ; et toi, chambre si belle, qui m'es plus délicieuse que le ciel ne l'est aux dieux, témoin secret de nos désirs, réponds de ma parole : si je la trahis, que la colère de Dieu s'abatte sur moi, comme celle de Cérès sur Érysichthon, celle de Diane sur Actéon, et celle de Junon sur Sémélé[1] !

Sur ces mots, il me serra dans ses bras de toutes ses forces et, d'une voix brisée : « Adieu ! », me dit-il.

Anéantie par les larmes, j'étais si malheureuse que je pouvais à peine lui répondre ; mais je trouvai la force d'arracher à mes lèvres ces mots, prononcés d'une voix tremblante :

– La parole que tu m'as donnée et que ta main droite a jurée, que Jupiter la scelle au ciel, comme Isis accéda aux prières de Téléthousa[2], et sur la terre, selon nos vœux !

Je l'accompagnai jusqu'à la porte de notre demeure et j'allais lui dire adieu quand, soudain, la voix me manqua et la lumière s'effaça de ma vue. Comme dans les champs une rose coupée tombe sur la verdure et se fane au soleil, je tombai à demi-morte dans les bras de ma servante.

Au bout d'un moment, je revins à moi : la fidèle et secourable fille m'avait rappelée à ce triste monde avec un peu d'eau fraîche. Je croyais me trouver encore sur le seuil de ma maison. Comme le taureau blessé à mort se redresse furieux, je me relevai tout étourdie, la vue brouillée et, bras ouverts, je m'élançai vers ma servante, la prenant pour

1. Exemples de punitions divines, infligées à des sacrilèges, et tirées de la mythologie : Érysichthon est condamné à une faim perpétuelle pour avoir coupé des arbres sacrés ; Actéon est livré aux chiens pour avoir surpris Diane à son bain ; Junon, par jalousie, conseilla à Zeus de se présenter à son amante Sémélé armé de son foudre et de ses éclairs : la malheureuse fut foudroyée !

2. Belle histoire que celle d'Iphis. Sa mère, Téléthousa, l'avait élevée comme un garçon, et une jeune fille en tomba amoureuse ! La déesse Isis, sur les prières de sa mère, la changea en garçon, et le problème fut résolu !

mon amant. D'une voix faible et sanglotante, je lui dis : « Adieu, mon âme ! »

Consciente de ma méprise, ma servante se tut, Retrouvant un peu la vue et m'apercevant de mon erreur, je faillis m'évanouir à nouveau.

Il faisait grand jour quand je me retrouvai dans ma chambre. Je promenai mes regards autour de moi. Ne voyant pas mon amant et ignorant ce qui s'était passé, je demandai à ma servante où était Pamphile. Elle me répondit en pleurant :

– Il est parti depuis un long moment après vous avoir portée jusqu'ici dans ses bras. Le jour se levait et il a dû se séparer de vous, tout en larmes !

– Il est donc vraiment parti ?

– Oui.

Je repris :

– Quel air avait-il ? Triste ?

– Je n'en ai jamais vu de plus triste !

– Qu'a-t-il fait ? Qu'a-t-il dit en partant ?

– Vous étiez à demi morte dans mes bras, sans connaissance. À cette vue, il vous prit tendrement dans les siens et posa sa main sur votre cœur pour voir si vous n'étiez pas morte de peur ; il l'entendit battre fort et vous appela plusieurs fois, tout en pleurant, pour un dernier baiser. Vous étiez aussi froide que le marbre. Alors il vous a ramenée ici. Craignant le pire, il inonda votre poitrine de ses larmes, disant : « Ô dieux, si j'ai commis une faute en partant, qu'elle retombe sur moi et non sur cette innocente ! Rendez-lui ses esprits ; qu'elle ait cette ultime consolation de me voir partir et de me donner un dernier baiser ! » Voyant que vous ne reveniez toujours pas à vous, ne sachant que faire, désemparé, il vous posa sur le lit et, comme le flux et le reflux des vagues dans le vent et la tempête, il avançait lentement vers le seuil, regardant par la fenêtre le temps menaçant qui le pressait de partir, puis il revenait soudain vers vous, vous appelant à nouveau et couvrant votre visage de baisers et de larmes. Cela dura un peu mais, quand il vit qu'il ne pouvait rester plus longtemps, il vous embrassa en disant : « Ange de douceur, unique espoir de mon pauvre cœur, que je laisse plus morte que vive, puisse Dieu te rétablir et te garder pour que nous ayons autant de bonheur à nous revoir que de douleur à nous quitter ! » Tout en parlant, il ne cessait de pleurer. Je craignis que ses sanglots n'éveillent l'attention des gens de la maison, voire des voisins ! La clarté du jour l'obligeait à partir. Il vous dit adieu et, comme entraîné de force, il franchit la porte, heurtant le seuil du pied. Une fois dehors, il eut l'air de ne pouvoir avancer : il se retournait à chaque pas, comme s'il espérait que vous alliez revenir à vous pour le rappeler.

Ma servante se tut. Vous imaginez bien, Mesdames, à quel point le départ de mon cher amant me laissa éplorée et inconsolable.

CHAPITRE 3

Où l'on raconte ce que faisait et pensait la dame en attendant le jour fixé pour le retour de son amant.

Après le départ de Pamphile, je demeurai dans l'état que j'ai décrit. Pendant plusieurs jours, je pleurai sur son départ et je n'avais sur les lèvres que ces mots, murmurés en secret : « Pamphile, comment as-tu pu m'abandonner ? » Au milieu de mes larmes, son nom seul me consolait. Mon regard parcourait avec passion tous les coins de ma chambre. Je me disais : « Ici, Pamphile s'est assis ; là, il s'est couché ; ici, il m'a juré son prompt retour ; là, je l'ai embrassé ! » J'aimais chacun de ces endroits. Parfois, je l'imaginais faisant demi-tour pour me revoir et, comme s'il était là, je tournais les yeux du côté de la porte. Consciente d'être trompée par mon imagination, j'étais néanmoins désappointée comme si j'avais été réellement abusée.

J'entrepris de me livrer à diverses occupations pour m'ôter ces fantaisies de l'esprit, mais elles y revenaient et s'en emparaient. Mon pauvre cœur avait des battements anormaux et me tourmentait constamment. Je repensais à de nombreuses choses que j'aurais voulu dire à Pamphile, et à d'autres que je lui avais dites, et je me répétais ses propres paroles. Incapable de me fixer sur rien, je passai plusieurs jours à souffrir.

Quand le temps commença à calmer la douleur causée par notre récente séparation, mes pensées s'éclaircirent, m'apportant des raisons plus fondées. Quelques jours plus tard, j'étais seule dans ma chambre quand je commençai à me dire : « Voilà ton amant parti au loin, et, toi, malheureuse, tu n'as pu ni lui dire adieu, ni lui rendre les baisers dont il couvrait ton visage inanimé, ni assister à son départ ! Peut-être y pense-t-il et, s'il lui arrive un malheur, te reprochera-t-il ton mutisme comme un mauvais présage ? »

Cette idée me fut très douloureuse, mais une autre vint la chasser. En effet, je me disais : « Il n'a rien à me reprocher ; il est intelligent et verra plutôt un heureux présage dans ce qui s'est passé. Il pensera : "Elle ne m'a pas dit adieu comme on le fait pour une longue séparation ou pour un départ définitif. Elle s'est tue, prévoyant que je ne tarderais pas à revenir." »

Je me consolai donc et laissai cette pensée pour d'autres. L'une d'elles me fut très pénible : selon le fidèle rapport de ma servante, le pied de mon amant avait heurté le seuil de la porte – une circonstance semblable avait convaincue Laodamie que son époux Protésilas ne reviendrait pas de Troie ; craignant un même sort pour Pamphile, je pleurais souvent. Ne pouvant imaginer ce qui allait m'arriver, je crus bon d'écarter ces vaines appréhensions. Mais ma volonté n'y suffisait pas, et il m'en venait d'autres, qui s'effaçaient à leur tour pour laisser place aux précédentes, si nombreuses que je les ai oubliées.

J'avais lu les vers d'Ovide qui disent combien les épreuves détachent les jeunes gens de l'amour : ils me revenaient chaque fois que j'imaginais Pamphile parcourant les routes. Je savais ces voyages harassants, surtout pour quelqu'un habitué au repos et parti à contrecœur : je craignais que cela ne l'arrachât à moi, et que cette fatigue acceptée de mauvais gré, s'ajoutant aux rigueurs du climat, ne le mît en danger, ou pire. Cette pensée m'obsédait particulièrement, mais je songeais aussi aux larmes que je l'avais vu verser et aux épreuves que j'avais endurées d'un cœur ferme : j'en conclus qu'un si petit obstacle ne pouvait éteindre un si grand amour, et j'espérais que sa jeunesse et sa prudence lui éviteraient tout autre mauvais coup du sort.

Je passais plusieurs jours ainsi, à me poser ces questions, à leur trouver des réponses et des solutions, sans même songer que Pamphile pouvait être arrivé à destination. Il m'en informa par une lettre, que, pour diverses raisons, je pris beaucoup de plaisir à lire. Je pus y voir qu'il m'aimait plus que jamais et relançait, avec force promesses, mon espoir de le voir revenir !

À partir de ce moment, de nouvelles inquiétudes se firent jour. Je me disais : « À cette heure, un vieux père fête son fils unique qu'il n'avait pas revu depuis des années ; non seulement Pamphile m'a oublié, mais il doit maudire les mois pendant lesquels je l'ai retenu ici sous divers prétextes ! Reçu avec honneur par tel et tel de ses amis, il me reproche sans doute de n'avoir su que l'aimer. Quand on a l'esprit joyeux, on peut se laisser arracher d'un endroit et s'attacher à un autre. Se pourrait-il que je le perde ainsi ? J'ai peine à le croire. Que Dieu m'en préserve ! Il a su me le garder, ici, parmi les miens ; qu'Il me le garde là-bas, parmi les siens ! » Hélas ! À ces mots se mêlaient des larmes, et j'en aurais répandu bien plus si j'avais su ce qu'elles laissaient présager ! Mais, pour celles que je n'ai pas versées alors, combien, depuis, ont coulé inutilement !

L'âme humaine pressent souvent ses malheurs à venir. La mienne, saisie par je ne sais quelle peur, tremblait, et cette peur se traduisait par les réflexions suivantes : « À cette heure, Pamphile parcourt les splendides églises de sa ville où se déploie la pompe de grandes cérémonies, et il les trouve remplies de femmes. À ce que j'ai entendu dire, elles sont d'une grande beauté et surpassent toutes les autres en grâce et en charmes : il n'en est pas de plus habiles à conquérir les cœurs. Est-il un homme assez maître de soi pour ne pas se laisser prendre, malgré lui, quand tant de choses y concourent ? Moi-même, j'ai cédé par force. Et puis, d'ordinaire, tout ce qui est nouveau plaît. Lui, nouveau à leurs yeux comme elles aux siens, peut facilement plaire à l'une d'entre elles, et réciproquement. »

Cette idée m'était si pénible que j'avais du mal à la chasser de mon esprit. Je me disais : « Comment Pamphile, qui t'aime plus que lui-même, pourrait-il accueillir un autre amour dans son cœur tout empli de toi ? Tu connais une femme, ici même, tout à fait digne de lui, qui a essayé d'en forcer la porte avec des armes plus puissantes que les yeux, et elle n'y est pas parvenue. Même s'il ne t'aimait pas et que les femmes l'emportent sur les déesses en beauté et en artifices, il pourrait difficilement en tomber amoureux aussi vite que tu le dis ! Comment peux-tu croire qu'il trahisse pour une autre la foi qu'il t'a jurée ? Jamais il ne le ferait. Tu dois aussi te fier à son bon sens. Il en possède assez pour savoir qu'il est fou de laisser un tiens pour deux tu l'auras, en admettant qu'il laisse une bien petite chose avec la certitude d'en obtenir une plus grande ! Mais ce n'est pas le cas : si ce qu'on dit est vrai, tu serais aussi belle que les belles femmes de son pays, qui n'en compte pas de plus riches ni de plus nobles que toi ! Et qui trouverait-il qui sache l'aimer comme toi ? Il sait par expérience combien il est difficile de persuader de son amour une inconnue qui vous plaît : si une femme vous aime, ce qui est rare, elle vous montre toujours le contraire de ce qu'elle désire. Même s'il ne t'aimait pas, toutes les affaires qui le retiennent l'empêcheraient de perdre son temps à fréquenter des inconnues. N'y pense donc plus, et dis-toi bien qu'il t'aime autant que tu l'aimes ! »

Hélas ! Je raisonnais faussement, comme les sophistes qui nient la vérité ! Aucun argument ne parvenait à chasser la pitoyable jalousie de mon cœur où elle s'ajoutait à mes autres maux. Mais, pensant être dans le vrai, je me sentais soulagée et tenais à distance ce mauvais sentiment.

Chères dames, je ne m'attarderai pas à détailler toutes mes pensées ; je vous raconterai plutôt à quels actes je m'appliquais. Ne vous étonnez pas de leur étrangeté, car ils m'étaient dictés par Amour, non par ma volonté.

Il était bien rare que, le matin, après mon lever, je ne montasse sur la terrasse de ma maison. Là, tel le marin grimpé à la hune pour déceler les écueils ou les obstacles terrestres, j'inspectais le ciel ; puis, fixant mon regard à l'est, j'examinais la progression du soleil au-dessus de l'horizon. Plus je le voyais s'élever, plus je voyais s'approcher le terme fixé pour le retour de Pamphile. Je me réjouissais de voir monter l'astre dans le ciel. Quand il était masqué, j'évaluais sa course par rapport à mon ombre qui diminuait ou s'allongeait ; je trouvais son cours paresseux, et les journées d'hiver trop longues. Quand il était au zénith, je me disais qu'il prenait plaisir à contempler la terre et, même s'il se couchait rapidement, je le trouvais encore trop lent. Quand sa lumière s'effaçait pour laisser place à celle des étoiles, tout heureuse de compter les jours passés, je les marquais d'une petite pierre, comme les anciens qui séparaient jours de bonheur et jours de malheur à l'aide d'une pierre blanche ou noire. Que de fois n'en ai-je pas ajouté une, croyant raccourcir le délai d'autant ! Je ne cessais de compter les pierres, celles des jours passés et celles des jours restants : j'en connaissais pourtant le nombre par cœur, mais j'espérais à chaque fois que les unes augmenteraient et les autres diminueraient ! Mon désir me transportait ainsi à la fin des quatre mois !

Après cet inutile décompte, je retournais en général dans ma chambre, où je restais seule de préférence. Pour fuir les idées noires, j'ouvrais un de mes coffres et en tirait l'un après l'autre des objets qui avaient appartenu à mon amant ; j'éprouvais à les contempler le même désir qu'à le regarder et, au bord des larmes, je les embrassais et les questionnais comme des êtres vivants : « Quand votre maître sera-t-il ici ? » Je les reposais puis, prenant les innombrables lettres qu'il m'avait adressées et les relisant presque toutes, j'avais l'impression de parler avec lui, et cela me réconfortait. À diverses reprises, j'appelai ma servante et nous nous entretenions de Pamphile : tantôt je la questionnais sur la date probable de son retour, tantôt je lui demandais son opinion sur lui, ou si elle avait eu de ses nouvelles. Qu'elle voulût me faire plaisir ou qu'elle parlât sincèrement, elle me consolait et, bien souvent, la journée passée ainsi calmait mes tourments.

En outre, j'aimais me rendre dans les églises, ou m'asseoir devant ma porte avec des compagnes dont les propos distrayaient souvent mes inquiétudes. Là, il m'arriva plusieurs fois de rencontrer des jeunes gens que j'avais vus en compagnie de Pamphile : je les observais attentivement, comme si je m'attendais à le voir parmi eux ! Que de fois me suis-je volontairement abusée ! Même détrompée, les voir me faisait du bien. À en croire leur apparence, ils avaient l'air de partager ma peine et d'être moins joyeux qu'à l'ordinaire, comme s'ils se sentaient plus seuls sans leur ami. Que de fois n'ai-je été tentée de leur demander de ses nouvelles ! Mais la raison me retenait. La chance me sourit une fois : sans se douter que je pouvais les entendre, ils parlèrent de son proche retour. Inutile de dire la joie que m'apportèrent ces paroles ! Avec de telles pensées et une telle conduite, j'essayais de passer des journées dont même la brièveté me pesait : j'attendais impatiemment la nuit, non qu'elle me fût plus profitable, mais le temps s'y écoulait moins lentement.

Quand celle-ci succédait au jour, j'étais souvent en proie à de nouvelles angoisses. Depuis mon enfance, j'avais peur dans le noir, mais Amour m'avait guérie ! Quand je constatais que tout le monde dormait dans la maison, je remontais sur la terrasse d'où j'avais vu, le matin, le soleil levant. Trop agitée pour trouver le sommeil, pendant d'interminables heures, tel Arruns scrutant le cours des astres parmi les marbres blancs des monts Lucains[1], je regardais le ciel dans cette direction : même rapide, la course des astres me semblait trop lente. Fixant mon regard sur la lune et ses cornes, je trouvais non seulement qu'elle tardait à se faire pleine, mais que, d'une nuit à l'autre, son croissant restait le même : mon désir de la voir accomplir ses quatre phases était plus impatient que sa progression n'était rapide ! Que de fois ai-je contemplé avec plaisir sa froide lumière, imaginant le regard de Pamphile fixé comme le mien sur elle ! À présent, je suis certaine que, m'ayant oubliée, non seulement il ne regardait pas la lune, mais qu'il ne m'accordait aucune pensée. Peut-être même dormait-il dans son lit !

Je me souviens avoir voulu hâter les phases de l'astre dont la lenteur m'exaspérait : suivant en cela d'antiques superstitions, je proférais des incantations. Quand elle était pleine, la lune paraissait jouir de sa vive clarté ; peu soucieuse de retrouver son premier quartier, elle restait paresseusement ronde ! Parfois, je l'en excusais, jugeant qu'elle préférait rester avec sa mère plutôt que de retourner dans

1. Arruns : aruspice étrusque qui prédit la victoire de César sur Pompée. Les « marbres blancs » sont des carrières de marbre qu'on trouve non dans les monts Lucains, mais en Toscane.

les sombres royaumes de son époux[1]. Cependant, mes prières pour accélérer son cours tournaient parfois aux menaces :

– Phébé, tu récompenses bien mal mes services ! J'essaye d'alléger ta peine par de pieuses prières, et tu aggraves la mienne par tes longues haltes ! Quand tu auras besoin de moi pour hâter ta course, je me montrerai tout aussi paresseuse à ton égard. L'ignores-tu ? Si tu te hâtes de ramener quatre fois dans le ciel ton disque plein, mon Pamphile me reviendra d'autant plus vite ! Tu seras libre, alors, de reprendre ton allure. »

La folie qui me poussait à faire de semblables prières m'égarait. J'en arrivais à croire parfois que la lune, intimidée par mes menaces, hâtait sa course selon mon bon plaisir, et que, d'autres fois, sans se soucier de moi, elle la ralentissait ! À force de la regarder, son cours me devint si familier que, pleine ou non, selon sa position dans le ciel ou l'étoile qui l'accompagnait, j'en déduisais exactement les heures écoulées de la nuit : si elle était cachée, je fondais mes calculs sur la Grande et la Petite Ourse, que j'avais appris à connaître. Qui pourrait croire qu'Amour m'enseignât l'astrologie[2], science réservée aux esprits éminents et non à ceux qu'obscurcit la folie de ce dieu ?

Si le ciel, couvert de sombres nuages et balayé par des vents gémissants, m'empêchait de rien voir et me laissait désœuvrée, je réunissais mes servantes dans ma chambre, je leur contais des histoires et leur demandais de m'en conter à leur tour : plus ces récits comportaient d'invraisemblances – et elles y en mettent volontiers –, plus je leur trouvais de force à dissiper mes soupirs et à me mettre en gaieté ; toute mélancolique que j'étais, il m'arriva même de rire de bon

1. Fille de Cérès, Proserpine était une divinité lunaire et l'épouse de Pluton, dieu des Enfers. La lune aussi est assimilée à Phébé.

2. Au sens ancien d'astronomie.

cœur ! Sinon je cherchais dans les livres les malheurs d'autrui, que je rapprochais des miens. J'avais l'impression d'être en compagnie, et le temps était moins ennuyeux à passer. Je ne sais ce qui m'était le plus agréable : voir passer le temps ou, absorbée ailleurs, constater qu'il avait passé.

Après m'être livrée assez longuement à ces occupations, j'allais dormir en sachant que je n'y parviendrais pas. J'allais plutôt m'étendre sur mon lit pour tenter de trouver le sommeil. Une fois couchée, seule, sans être dérangée par le bruit, toutes les réflexions de la journée me revenaient à l'esprit, et je les reprenais malgré moi, leur ajoutant des arguments pour et contre. J'aurais voulu penser à autre chose, mais j'y parvenais rarement. Parfois, les délaissant volontairement, étendue à l'endroit du lit où Pamphile s'était couché, croyant respirer son odeur, j'étais heureuse et, du fond de moi, je l'appelais ; comme s'il pouvait m'entendre, je le suppliais de revenir vite !

Puis je l'imaginais de retour, et en ma présence. Je lui contais et lui demandais une foule de choses, faisant les réponses à sa place. Il m'arriva de m'endormir au milieu de ces pensées. Le sommeil m'était parfois plus agréable que l'état de veille. S'il n'était pas entrecoupé, il me donnait pour vraies les images fausses que je forgeais quand je ne dormais pas. Il me semblait que Pamphile était revenu et que nous nous promenions dans de splendides jardins, ornés de feuillages, de fleurs et de fruits, sans plus éprouver de peur, comme par le passé. Là, le tenant par la main, je lui faisais raconter tous les détails de son séjour. À plusieurs reprises, je lui coupais la parole d'un baiser et, comme si je n'en croyais pas mes yeux, je lui disais : « Est-il bien vrai que tu sois revenu ? Oh ! oui, puisque je te tiens. » Et je l'embrassais à nouveau.

D'autres fois, je croyais me trouver avec lui au bord de la mer, toute joyeuse, au point de me dire : « À présent je ne rêve pas : je le tiens dans mes bras ! » Quelle déception quand mon rêve s'interrompait ! Il emportait avec lui tout ce qu'il m'avait prêté si aisément. J'en restais toute mélancolique. Néanmoins, j'étais contente pour toute la journée, pleine d'espoir, attendant le retour de la nuit afin de posséder ce que le rêve seul pouvait me donner. Même si le sommeil m'était agréable, il ne laissait pas de mêler l'amertume à la douceur. Il m'arriva ainsi de voir mon amant vêtu de hardes, couvertes de je ne sais quelles taches sombres, pâle et effrayé, me crier, comme si on le poursuivait : « À l'aide ! » Parfois, je croyais entendre plusieurs personnes parler de sa mort. Je le vis même se présenter mort devant moi, ainsi que sous divers aspects déplaisants. La douleur m'arrachait au sommeil. Réveillée en sursaut, je constatais la vanité de mon songe et en remerciais Dieu. J'en restais troublée, pourtant, dans la crainte que certaines de ces visions ne fussent vraies ou ne reflétassent la vérité. J'avais beau me répéter, comme on l'entend dire, que les rêves sont trompeurs, je n'étais pas rassurée avant d'avoir obtenu de ses nouvelles. J'avais appris mille astuces pour m'enquérir de lui.

Je passais mes jours et mes nuits dans cette attente. À vrai dire, comme le terme fixé pour son retour approchait, je crus sage de mener une vie plus gaie afin de redonner leur éclat à mes beautés défraîchies par le chagrin : je ne voulais pas qu'il les retrouvât dépéries et qu'elles ne lui plussent plus ! Ce fut facile : habituée aux épreuves, je les supportais aisément, et l'espoir de son retour imminent me remplissait un peu plus chaque jour d'une joie inhabituelle. J'avais pratiquement déserté les fêtes, prétextant le mauvais temps, mais, à l'approche de la nouvelle saison, je les recherchai. Dès que mon âme, étouffée par la tristesse, s'ouvrit à la joie de vivre, je devins plus belle que jamais. Tel le chevalier qui répare ses armes en vue de la future bataille, je redonnais leur lustre à mes habits, à mes précieuses parures : je voulais me montrer, pour son retour, en mes plus beaux atours – un retour que j'attendais, pleine d'illusions, et bien inutilement !

Ma manière de vivre changeait. Celle de penser aussi. J'en oubliais tout : mon absence au moment de son départ, le mauvais présage de son pied butant sur le seuil, les épreuves et les souffrances endurées à cause de lui, ma jalousie malveillante !

Il ne restait plus qu'une huitaine avant son retour et je me disais : « À l'heure qu'il est, il souffre de notre séparation ; il se prépare au retour dont il voit approcher l'échéance et, peut-être, ayant quitté son vieux père, est-il déjà en chemin ! » Que cette pensée m'était douce ! Que je m'y abandonnais volontiers ! Je me demandais comment me présenter à lui avec le plus de grâce possible. Hélas ! Que de fois me suis-je dit : « À son retour, je l'embrasserai cent mille fois ! Je le couvrirai de tant de baisers qu'il ne pourra parler ! Je lui rendrai au centuple ceux qu'il a posés sur mon visage inanimé ! »

Je craignais de ne pouvoir réfréner mon brûlant désir de l'embrasser en public dès que je le verrais ! Mais les dieux m'ôtèrent ce souci, et d'une manière fort douloureuse ! J'étais dans ma chambre et, à chaque fois que quelqu'un y entrait, je croyais que c'était pour me dire : « Pamphile est revenu ! » Aux moindres paroles que j'entendais, je dressais l'oreille, croyant qu'il était question de son retour. Je crois m'être levée plus de cent fois pour courir à la fenêtre : l'air préoccupé d'autre chose, je jetais des regards de tous côtés après m'être naïvement jouée la comédie : « Pamphile est probablement arrivé et vient te voir ! » Constatant que je m'étais trompée, je retournais m'asseoir, confuse. Sous le prétexte qu'il devait rapporter quelque chose à mon mari, je demandais ou faisais demander s'il était revenu ou si l'on connaissait la date de son retour. Toutes les réponses étaient décevantes. À croire qu'il ne reviendrait plus.

Et il n'est jamais revenu !

CHAPITRE 4

Où la dame fait état de ses pensées et de sa vie alors que, le délai passé, Pamphile n'est toujours pas de retour

Cette vie inquiète, dont je vous ai parlé, compatissantes dames, dura jusqu'au moment tant désiré et si douloureusement attendu, et même plusieurs jours après le terme échu ! J'hésitai à en faire grief à Pamphile, et mon espoir se relâcha. Les joyeuses pensées auxquelles je m'étais peut-être abandonnée trop facilement s'en allèrent, et de nouveaux soucis occupèrent mon esprit. Cherchant à savoir ce qui pouvait expliquer ce retard si contraire à son engagement, je me mis à réfléchir et commençai par lui trouver autant et peut-être plus d'excuses qu'il aurait pu m'en fournir lui-même. Je me disais parfois : « Fiammetta, peux-tu trouver une autre raison au retard de Pamphile sinon un empêchement ? Il survient assez souvent des contretemps et, contrairement à ce que l'on croit, il est impossible de déterminer l'avenir avec précision. Et puis, on est moins libre dans ses sentiments envers une personne présente qu'envers un absent. Je suis certaine qu'il m'aime infiniment, qu'en ce moment même ma triste situation lui fait pitié, et que l'amour l'a poussé plusieurs fois à revenir. Mais son vieux père l'aura supplié, en pleurant, de retarder son départ. Retenu malgré lui, il reviendra dès qu'il le pourra ! »

De raisonnements en justifications, j'en arrivais souvent à envisager de graves difficultés : « Qui sait si, dans son impatience de me revoir et d'arriver au jour dit, délaissant ses devoirs de fils et toutes affaires cessantes, il n'est pas déjà en route ? Sans attendre une mer plus calme, se fiant à la trompeuse parole des marins prêts à tout risquer pour de l'argent, il aura embarqué sur un navire et celui-ci, exposé à la fureur des vents et des ondes, aura fait naufrage, l'entraînant dans la mort ! C'est ainsi que Héro a perdu Léandre[1]. Peut-être, après avoir échappé à la noyade, la mauvaise Fortune l'a-t-elle fait échouer sur un rocher désert où il mourra de faim ou dévoré par les bêtes sauvages ? Peut-être l'a-t-on oublié là, comme Achéménide[2], et attend-il qu'on le ramène ici ? Il est peut-être tombé entre les mains d'ennemis ou de pirates qui le gardent captif dans les fers ? On court souvent de pareils dangers ! »

Je me représentais aussi les périls des routes terrestres, et j'imaginais les mille accidents qui pouvaient lui arriver. J'envisageais tout à coup le pire, et la gravité de la situation me paraissait la meilleure justification : « La canicule précipite la fonte des neiges, les rivières impétueuses charrient des eaux noires et il en a plusieurs à traverser. S'il s'est engagé dans l'une d'elles et que le courant l'ait entraîné, lui et son cheval – ce n'est pas d'aujourd'hui que surviennent de tels accidents et que des voyageurs se noient. Et s'il en est réchappé, il a peut-être été pris en otage par des bandits en embuscade, ou bien il est tombé malade en

1. Dans cette légende très connue de l'Antiquité, Léandre, qui traversait chaque nuit un bras de mer pour rejoindre Héro, périt noyé.

2. Compagnon d'Ulysse, oublié par ses compagnons dans l'île des Cyclopes.

chemin et, retenu quelque part, il attend d'être guéri pour rentrer. »

Hélas ! Ces pensées me donnaient des sueurs froides, et la peur m'incitait à adresser à Dieu de fréquentes prières pour qu'il intervînt, comme si Pamphile se trouvait en danger, là, sous mes yeux ! Je me rappelle avoir pleuré, persuadée qu'il avait été victime de l'un de ces accidents. Puis, je me disais :

« Il est bien triste de penser à de telles choses ! Que Dieu l'en préserve ! S'il doit s'exposer à de tels périls pour me contenter, qu'il reste autant qu'il lui plaira ! Qu'il ne revienne pas ! Je me laisse abuser : un éventuel accident ne resterait pas ignoré ; fort probablement, sa mort ne pourrait rester cachée, surtout à moi, qui dépense des trésors d'ingéniosité pour obtenir sans cesse des renseignements sur lui ! S'il lui arrivait malheur, la voix publique, prompte messagère, m'en aurait déjà apporté la nouvelle ! La Fortune, qui ne m'est guère favorable en ce moment, n'aurait pas manqué de lui ouvrir le chemin pour m'attrister davantage ! Je crois plutôt qu'il est au supplice, comme moi de ne pas le voir revenir : soit il est retenu malgré lui et il reviendra bientôt, soit il m'écrira pour justifier son retard et me réconforter. »

Si cruelles que fussent ces pensées, je les étouffais assez aisément. Je faisais mon possible pour retenir l'espoir qui voulait s'enfuir à cause du délai dépassé. Je mettais en avant notre longue passion mutuelle, sa parole donnée, son serment sacré et ses larmes intarissables, toutes choses qui, selon moi, ne pouvaient cacher une trahison ! Mais je ne pouvais empêcher que cet espoir, ainsi retenu, ne fît place aux pensées que j'avais rejetées ; petit à petit, celles-ci se poussaient secrètement hors de mon cœur et essayaient de se réinstaller, ramenant dans mon esprit les mauvais présages et le reste ; à mon insu, elles chassèrent mon espoir et se firent omniprésentes.

La plus insupportable de ces pensées – les jours passant sans m'apporter aucune nouvelle du retour de Pamphile – fut la jalousie. Elle m'aiguillonnait plus que je ne l'aurais voulu ; elle réduisait à néant toutes les excuses que je trouvais à mon amant, comme si elle connaissait ses faits et gestes. Souvent, elle me ramenait à des suppositions que j'avais écartées et me soufflait : « Es-tu assez sotte de croire que l'affection pour un père, une affaire urgente ou un plaisir quelconque pourraient retenir Pamphile s'il t'aimait comme il l'affirme ? Ignores-tu qu'Amour est plus puissant que tout ? Il s'est certainement amouraché d'une autre et t'aura oubliée ! La beauté, toujours plus forte quand elle est nouvelle, le retient là-bas comme elle le retenait près de toi ! Ces Florentines, disais-tu, sont de grandes amoureuses, et lui-même a tout pour aimer et être aimé : elles auront tout fait pour lui plaire (et réciproquement !) et s'en faire aimer ! Crois-tu que les autres femmes n'aient pas d'yeux pour voir, et qu'elles n'en sachent pas autant que toi sur la question ? Bien sûr que si ! Crois-tu qu'il ne puisse plaire à plus d'une ? S'il t'avait devant les yeux, il lui serait difficile d'en aimer une autre, mais en ce moment il ne peut te voir ; et il ne t'a pas vue depuis des mois ! Sache que rien ne dure en ce monde : de la même manière qu'il est tombé amoureux de toi, qui lui as plu, une autre a pu lui plaire, une autre lui a fait oublier ton amour. Le nouveau plaît plus que le déjà vu, et on désire passionnément avoir ce qu'on n'a pas ! Une longue habitude rend ennuyeuse la plus agréable des choses ! Quel homme n'aimerait plutôt une inconnue dans son propre pays qu'une femme connue dans un autre ? Peut-être d'ailleurs se montrait-il plus amoureux qu'il ne l'était vraiment ! Il ne faut pas fonder la ferveur de cet amour sur ses larmes, ni sur celles de tout autre homme ! Il arrive que des gens qui ne se sont vus qu'un jour en éprouvent du chagrin et se quittent en larmes ; ils se sont jurés mutuellement des promesses qu'ils avaient la ferme intention de tenir, et puis une circonstance nouvelle se présente qui leur fait oublier leur serment. Ce n'est pas d'aujourd'hui que les larmes, les serments et les promesses des jeunes gens cautionnent une trahison future envers les femmes ! Ils s'entendent mieux à cela qu'à aimer : leur désir vagabond les y entraîne. Pas un qui ne préférerait changer dix fois de femme en un mois plutôt que de rester dix jours avec la même ! Ils s'imaginent trouver nouvelles manières, beautés nouvelles, et se vantent de l'amour de plusieurs. Qu'espères-tu ? Pourquoi te berces-tu de tant d'illusions ? Tu n'es pas en mesure d'arracher ton amant à ces jeux : renonce à l'aimer, montre-lui que tu as su le tromper aussi bien qu'il a su te tromper ! »

J'enchaînais d'autres réflexions qui me mettaient dans une colère noire ; celle-ci m'échauffait tellement l'esprit qu'elle me poussait à des accès de rage ! En même temps, des flots de larmes inondaient mes yeux, et ces pleurs, qui pouvaient durer longtemps, soulageaient mon cœur de cette fureur. Cherchant un réconfort, je repoussais ce que me disaient mes intuitions et m'efforçais de ramener l'espoir dans ce même cœur, en invoquant les raisons les plus futiles.

Délaissant la joie que j'avais retrouvée, je demeurais, plusieurs jours durant, partagée entre espoir et désespoir, cherchant toujours le meilleur moyen de savoir pourquoi il ne revenait pas.

CHAPITRE 5

Fiammetta raconte comment lui parvint la nouvelle du mariage de Pamphile, puis son désespoir et sa douleur de ne pas le voir revenir

Ces larmes étaient bien douces, ces soupirs bien agréables, compatissantes dames, comparés à ceux dont ma plume plaintive – moins rapide à écrire que mon cœur à sentir – s'apprête à vous faire le récit. Somme toute, mes souffrances ont été jusqu'ici celles de la femme jeune et sensuelle plutôt que celles de la femme torturée, mais les souffrances à venir vous paraîtront bien plus âpres. Armez-vous de courage et ne soyez pas effrayées par mes promesses ! N'allez pas renoncer à la suite de mon histoire de crainte d'y trouver des choses encore plus pénibles ! À vrai dire, je cherche moins à vous apitoyer sur mon sort qu'à vous montrer la perfidie de l'unique responsable de mes malheurs. Vous vous montrerez ainsi plus prudentes avant de faire confiance au premier venu. Vous m'obligerez en m'écoutant, et je vous obligerai en vous conseillant : mes mésaventures vous serviront de mise en garde et d'avertissement.

Je me trouvais donc dans la situation que je viens de vous décrire, en proie à mes folles imaginations, quand, plus d'un mois après la date fixée pour son retour, me parvinrent enfin des nouvelles du jeune homme que j'aimais.

J'avais rendu visite à des religieuses, par dévotion, mais peut-être aussi avec l'espoir qu'elles prieraient Dieu pour moi et qu'Il me rendrait ainsi la sérénité, soit en me ramenant Pamphile, soit en le chassant de mes pensées. J'étais assise avec ces femmes, dont la conversation était intelligente et enjouée, et dont plusieurs m'étaient attachées par des liens de parenté ou par une longue amitié. Un marchand se présenta et se mit à étaler devant nous, tel Ulysse et Diomède sous les yeux de Déidamie et de ses sœurs[1], divers bijoux d'une beauté digne de ces dames.

À sa manière de parler, je compris qu'il était originaire de la ville de Pamphile. Interrogé, il le confirma. Quelques-unes firent leur choix parmi les nombreux bijoux qu'il exposait, payèrent le prix qu'il en demandait, puis échangèrent de gais propos avec l'homme. Tandis qu'il attendait son argent, l'une d'elles, une femme jeune et fort belle, aux manières aussi nobles que sa naissance, celle-là même qui avait interrogé le marchand sur son origine, lui demanda s'il ne connaîtrait pas Pamphile, un de ses compatriotes. Je n'aurais pu trouver question plus conforme à mon désir ! J'en étais ravie et tendis l'oreille. Sans se faire prier, l'homme répondit :

– Personne ne le connaît mieux que moi !

La jeune femme poursuivit, faisant mine de vouloir s'informer :

– Et que devient-il ?

– Voilà longtemps que son père, qui n'avait plus que ce fils, l'a rappelé auprès de lui.

1. Achille, refusant de combattre, se réfugia dans l'île de Scyros où il séduisit la fille du roi, Déidamie. Il s'y cachait sous des habits féminins. Ulysse et Diomède, déguisés en marchands de bijoux, se rendirent à Scyros. Ils montrèrent une épée qui éveilla l'intérêt du seul Achille, ainsi démasqué.

Elle poursuivit :

– Quand avez-vous eu de ses nouvelles ?

– La dernière fois que je l'ai quitté, voilà à peine quinze jours.

– Comment allait-il à ce moment-là ?

– Très bien. Le jour même de mon départ, j'ai vu entrer dans sa maison une très belle jeune femme qu'il venait tout juste d'épouser, d'après ce que j'ai compris.

Tandis qu'avec une immense douleur j'entendais les propos du marchand, je fixai le visage de la jeune femme, curieuse de ce qui la poussait à s'informer de Pamphile avec tant de précision, moi qui croyais être la seule à le connaître. Je remarquai que la jeune fille, à la nouvelle de ce mariage, baissa les yeux et se mit à rougir. Sa langue, si déliée, se tut. Je devinais qu'elle avait beaucoup de peine à retenir les larmes qui lui montaient aux yeux. À cette même nouvelle, j'avais ressenti une très vive douleur, mais, à la vue de cette femme, j'en éprouvai soudain une autre, et non moins forte. Je me retins à grand-peine pour ne pas blâmer son attitude par quelque mot blessant, tant j'étais jalouse de la voir manifester si ouvertement son amour pour Pamphile, et tant je craignais qu'elle n'eût, comme moi, une légitime raison de souffrir en apprenant cette nouvelle. Pourtant je me contins, et, faisant un terrible effort sur moi-même, je masquai le trouble de mon cœur sous un visage impassible, plus désireuse de pleurer que d'écouter.

La jeune femme, qui s'était ressaisie, se faisait violence autant que moi pour contenir sa douleur. Elle se fit confirmer la nouvelle : toutes les réponses allaient à l'encontre de ce qu'elle et moi souhaitions entendre. Puis elle donna son congé au marchand et, dissimulant sa tristesse sous un sourire de circonstance, elle continua à m'entretenir de choses et d'autres, plus longtemps que je ne l'aurais voulu.

Notre conversation prit fin, et nous nous séparâmes. Tenaillée par la rage, frémissant comme un lion qui décèle le piège du chasseur, le rouge au visage alternant avec la pâleur, je rentrai chez moi, tantôt ralentissant le pas, tantôt le hâtant plus qu'il ne convient à une dame. Dès que je pus disposer de moi, je me retirai dans ma chambre et, là, m'abandonnai aux larmes. Quand, au bout d'un long moment, ma douleur se fut un peu soulagée, ma langue se dénoua et, d'une voix faible, je me mis à parler :

– Pauvre Fiammetta, à présent, tu sais pourquoi ton Pamphile ne revient pas ; pourquoi il prolonge son séjour contre ton attente ! Voilà la réponse que tu cherchais. Malheureuse, que veux-tu de plus ? Que demandes-tu de plus ? Rien, sinon que Pamphile n'est plus à toi ! Renonce à ton désir de le reprendre, abandonne ton espoir insensé, calme l'ardeur de ton amour, laisse là tes trompeuses illusions ! Désormais, écoute les présages et tes pressentiments ! Il est temps pour toi de connaître les tromperies des hommes ! Tu en es arrivée là où l'excès de confiance a amené d'autres femmes !

Comme je disais cela, ma colère se ralluma, mes pleurs redoublèrent. Je repris, proférant des paroles plus violentes encore :

– Dieux, où êtes-vous ? Où tournez-vous votre regard ? Où est votre courroux à présent ? Pourquoi ne retombe-t-il pas sur l'homme qui nargue votre puissance ? Où sont tes foudres, Jupiter, toi qu'on blasphème ? À qui les réserves-tu, à présent ? Quel impie les a le plus méritées, sinon Pamphile ? Pourquoi ne foudroies-tu pas ce criminel afin que cet exemple retiennent les autres de blasphémer ton nom ? Lumineux Apollon, où sont tes flèches, celles dont le serpent Python fut bien injustement victime, comparé à l'homme qui t'as pris à témoin de ses duperies ? Prive-le de ta lumière, hais-le comme tu as haï le malheureux Œdipe ! Et vous, divinités, et toi Amour, dont cet amant déloyal a moqué la puissance, pourquoi ne manifestez-vous pas votre force et votre juste colère ? Pourquoi n'appelez-vous pas sur ce jeune époux la vindicte du ciel et de la terre ? Votre puissance ne serait plus trompée ni niée par cet homme qui se moque de vous ! Votre colère a su venger des fautes bien plus légères. Alors, qu'attendez-vous ? Vous ne vous acharnerez jamais assez contre lui pour le punir comme il le mérite ! Malheureuse que je suis ! Si vous sentiez comme moi les effets de sa félonie, vous brûleriez de le voir puni ! Dieux, envoyez-lui quelques-uns de ces accidents – tous, même ! – qui me faisaient craindre pour sa vie ! Envoyez-lui le genre de mort qui vous plaira : celle-ci épuisera ma douleur et nous vengera, vous et moi, du même coup ! N'acceptez-pas que je sois la seule victime de ses fautes, ni qu'il puisse goûter le bonheur auprès de sa jeune épouse après nous avoir trompés, vous et moi ! Que votre épée frappe le vrai coupable !

Ma colère ne désarmait pas, mais mes pleurs redoublaient. J'ai souvenir de m'être adressée à Pamphile en ces termes :

– Pamphile, je sais maintenant pourquoi tu tardais à revenir ; je n'ignore plus rien de tes tromperies ; je vois bien quelle sorte de compassion te retenait ! À cette heure, tu consommes ton mariage, et moi, trompée par tes paroles, trompée par moi-même, je me consume dans les pleurs qui m'acheminent vers la mort : ta cruauté seule hâtera ce moment funeste ! Par ta faute, je verrai tranché net le fil de mes jours que j'espérais plus long ! Criminel, tu as été bien prompt à me faire souffrir ! Qu'avais-tu dans le cœur en prenant ta jeune épouse ? Pensais-tu la tromper comme moi ? Avec quels yeux l'as-tu regardée ? Avec ceux par lesquels je me suis laissée prendre dans ma crédulité ? Quelle fidélité lui as-tu jurée ? Celle que tu m'avais jurée ? Comment as-tu pu ? As-tu oublié qu'on ne peut engager deux fois la même promesse ? Quels dieux as-tu invoqués ? Ceux que tu as parjurés ? Hélas ! Comme il m'est hostile, ce plaisir qui t'a aveuglé au point que tu t'es donné à une autre, en sachant que tu m'appartenais ! Qu'as-tu à me reprocher pour me négliger ainsi ? Notre amour était donc si léger pour s'envoler si vite ? Quel acharnement du mauvais sort sur ceux qui souffrent ! Ta fidélité jurée par ta main droite et, devant les dieux, ces serments enflammés de me revenir, ces promesses dont tu as si bien su me bercer, ces larmes dont tu as baigné ton visage et le mien, tout cela tu l'as jeté au vent et, après m'avoir bernée, tu partages ton bonheur avec une autre ! Qui aurait pu croire que sous tes paroles se cachait la fausseté et que tes larmes fussent capables d'artifice ? Certainement pas moi. Au contraire, je parlais avec la franchise que je prêtais à tes mots et à tes larmes. Et si tu me protestais que tes larmes étaient sincères autant que tes promesses de fidélité, je pourrais l'admettre. Mais alors, quelle excuse trouveras-tu pour ne pas les avoir tenues d'un cœur tout aussi loyal ? « C'est qu'une nouvelle femme a su me plaire. » La belle excuse ! Preuve évidente d'un caractère instable, et dont je ne puis me contenter ! Tu es le plus malfaisant des hommes ! Tu ne voyais donc pas à quel point je t'aimais, et t'aime encore malgré moi ? Tu le voyais, bien sûr, et tu n'avais pas besoin de mettre tant d'adresse à me tromper ! Habile discoureur, tu as employé les ruses les plus subtiles. As-tu songé combien il est peu glorieux d'abuser l'aveugle confiance d'une jeune femme ? Ma naïveté méritait de ta part plus de loyauté. Mais je t'ai cru, comme j'ai cru aux dieux, témoins de tes serments. Qu'ils t'accordent ton plus grand titre de gloire : avoir trompé une femme qui t'aimait plus qu'elle-même ! Et maintenant, dis-moi, Pamphile : qu'ai-je fait pour être payée d'une si noire trahison ? Ma seule faute est de m'être éprise de toi avec trop de légèreté, d'avoir été trop fidèle et trop aimante. Mais un tel péché ne méritait pas une telle pénitence. Oui, j'avoue un crime, un seul, qui m'a valu la juste colère divine : celui de t'avoir accueilli dans mon lit, toi, le scélérat, le sans-cœur, et d'avoir accepté de presser mon corps contre le tien. Mais, de cela – les dieux m'en sont témoins – ta hardiesse est seule responsable ! Ton audace m'a surprise à la faveur de la nuit, pendant que je dormais, tranquille et sereine, et, déloyal comme tu sais l'être, tu m'as pris dans tes bras, forçant ma pudeur avant que je n'ai eu le temps de me réveiller complètement ! Et que devais-je faire ? Crier ? Ce cri aurait appelé à jamais la honte sur moi et, sur toi que j'aimais plus que ma vie, la mort ! Dieu sait si j'ai résisté de toutes mes forces, mais j'ai dû céder à la tienne, et tu as pu jouir de ta rapine ! Que ne fut-il le dernier, le jour qui précéda cette nuit ! Je serais morte sans déshonneur. Quelles cruelles souffrances ne me faudra-t-il pas endurer ! Et toi, pour complaire à ta jeune épouse, tu lui raconteras tes anciennes amours en faisant retomber sur moi bien des fautes ! Tu rabaisseras ma beauté, mon honnêteté (dont tu faisais les plus grands éloges en me mettant au-dessus de toutes les femmes), et tu exalteras les siennes. Tout ce que j'ai fait pour toi par affection, au nom de mon amour, tu l'attribueras à une débordante sensualité. Mais n'oublie pas, au milieu de tes mensonges, de dire la vérité sur les tromperies qui ont laissé une malheureuse en pleurs, et sur les faveurs qu'elle t'a accordées : celle qui t'écoutera saura ainsi quel ingrat tu fais ! N'oublie pas non plus de lui raconter combien de jeunes gens ont essayé d'obtenir mon amour, et par quels divers moyens ils me témoignaient le leur, sans que jamais ni leurs couronnes accrochées à ma porte, ni leurs querelles la nuit et leurs prouesses le jour n'aient pu me détourner de ton faux amour. Et toi, tu m'as laissée pour une femme que tu connaissais à peine ! Si elle n'a pas ma candeur, elle recevra tes baisers avec méfiance et se gardera mieux que moi de tes ruses. Je prie pour qu'elle se comporte avec toi comme sa femme avec Atrée, comme les filles de Danaé avec leurs époux, comme Clytemnestre avec Agamemnon[1] ou comme moi avec mon mari qui, lui, ne méritait pas l'outrage que lui vaut ton crime. Puisse-t-elle te rendre malheureux, et que ces larmes de pitié que je verse sur moi, je sois forcée de les verser sur toi ! Je prie les dieux, pitoyables envers les malheureux, de hâter cet instant.

Profondément blessée, ce jour-là et les suivants, par les regrets qu'exhalait ma douleur, je n'étais pas moins travaillée par le trouble qu'avait manifesté la jeune femme en ma présence, quelques jours plus tôt, et qui me donnait matière à ces tristes réflexions :

– Allons, Pamphile, pourquoi souffrirai-je de te savoir à une nouvelle femme, là-bas, alors qu'ici même tu étais attaché à une autre que moi ? Combien de femmes se partageaient ton amour, scélérat ? Tout me donne à penser que, si nous étions tes amantes, elle, moi, et cette troisième que tu viens d'ajouter, tu en avais d'autres encore. Et moi qui croyais être la seule à profiter d'un objet qui appartenait à d'autres ! Et comment savoir si l'une d'elle, au courant de cette situation, ne se sentit pas insultée et n'adresse pas aux dieux des prières, mieux reçues que les miennes, pour m'envoyer, en punition de mes fautes, les souffrances que j'endure ? Si cette femme existe, qu'elle me pardonne, car j'ai péché par ignorance, et l'ignorance a droit au pardon. Mais toi, Pamphile, quel art de la simulation ! Et ta conscience ? À quel amour ou à quelle tendresse cédais-tu ? J'ai souvent entendu dire qu'on ne peut aimer qu'une personne à la fois, mais tu es l'exception à la règle : tu en aimais – ou feignais d'en aimer – plusieurs ! Leur as-tu

1. Aéropé trompa Atrée, les Danaïdes tuèrent leurs époux le soir de leurs noces, Clytemnestre organisa avec son amant le meurtre de son mari.

donné à toutes la parole, les promesses, les larmes que tu m'as données, ou seulement à cette jeune femme incapable de cacher ce que tu avais si bien dissimulé ? Si c'est le cas, tu peux être tranquille : tu n'as d'obligation envers aucune d'elles, car donner indifféremment à plusieurs, c'est ne donner à personne. Comment l'homme qui prend de nombreux cœurs ne serait-il pas pris à son tour ? Narcisse, aimé de plusieurs femmes et les méprisant toutes, fut finalement ravi par sa propre beauté ; Atalante, invincible à la course, repoussait les amants dont elle triomphait jusqu'à ce qu'Hippomène la vainquît au moyen d'une belle ruse[1]. Mais, sans chercher ces exemples anciens, moi-même, que personne n'avait pu prendre, je fus prise par toi. Et parmi toutes celles que tu connais il ne s'en serait pas trouvé une pour te prendre ? Je ne le crois pas. Je suis même sûre du contraire. Et quelle que soit celle qui t'a pris, pourquoi ne reviens-tu pas vers elle ? Si ce n'est vers moi, vers celle qui n'a pas su cacher votre amour ? Si, d'après toi, j'ai mérité mon infortune, que mes fautes ne retombent pas sur les autres ! Retourne auprès d'elles et tiens-leur les mêmes promesses que tu m'avais faites ! Pour me tourmenter moi seule, ne cherche pas à humilier toutes celles que tu as laissées ici pleines d'espoir. Qu'une seule, là-bas, n'ait pas plus de pouvoir que plusieurs ici ! Ton épouse t'appartient désormais et, le voudrait-elle, qu'il ne pourrait en être autrement. N'ayant rien à craindre de ce côté-là, laisse-la, et viens rejoindre celles qui ne t'appartiendront jamais, mais que ta présence maintiendra fidèles.

Vaines paroles que n'entendaient ni les dieux, ni le jeune homme oublieux ! Aussi m'arrivait-il parfois de changer d'avis :

1. Atalante défiait ses prétendants à la course. Toujours victorieuse, elle les faisait mettre à mort. Hippomène, relevant le défi, sema devant elle, pendant la course, trois pommes d'or qu'elle perdit du temps à ramasser : vaincue par lui, elle l'épousa.

– Malheureuse, pourquoi désirer le retour de Pamphile ? Crois-tu que sa présence rendra ta douleur plus supportable ? C'est vouloir ta perte. Tu doutes s'il t'aime ou non : s'il revient, tu seras sûre que ce n'est pas pour toi, mais pour une autre. Qu'il reste là-bas ! Mieux vaut l'incertitude d'être aimée que la certitude de ne l'être plus ! Contente-toi de n'être pas la seule à souffrir : d'avoir des compagnes de misère console !

J'aurais de la peine à vous décrire, Mesdames, la rage folle, les larmes, les serrements de cœur dont j'accompagnais ces réflexions presque quotidiennes. Mais les choses les plus dures finissent, avec le temps, par mûrir et mollir. Je vécus plusieurs jours dans cet état, et ma douleur, ne pouvant aller plus loin, commença à fléchir. Plus elle évacuait mon esprit, plus elle y ravivait la flamme de mon amour. Elle y réchauffait l'espérance qui, cohabitant avec ma souffrance, me ramena peu à peu à mon premier désir : reprendre Pamphile. Malgré ma crainte de ne plus jamais le ravoir, ce désir n'en devint que plus grand. Comme les flammes grossies par un souffle de vent, mon amour s'augmenta de tous ses efforts pour lutter contre le désespoir. Je regrettai aussitôt ce que j'avais dit dans un mouvement de rage. J'en eus honte, comme si mon amant avait pu m'entendre, et je maudis cette colère qui, dans ses premiers accès, enflamme l'esprit en offusquant la vérité. Mais, plus elle est brûlante, plus elle se refroidit avec le temps et se révèle mauvaise conseillère. Je repris donc mes esprits et me parlai ainsi :

– Folle que tu es, pourquoi te troubler et t'emporter sans raison ? En admettant que le marchand dise vrai – ce qui n'est pas sûr – à propos du mariage de Pamphile, est-ce là un événement extraordinaire auquel tu ne pouvais t'attendre ? En pareil cas, le fils cède à la volonté de son père. Si telle a été la volonté paternelle, quel prétexte Pamphile eût-il pu trouver pour s'y soustraire ? Ne crois pas que tous ceux qui se marient ou qui sont déjà mariés aiment leur épouse comme les autres femmes. Après le plaisir des débuts, sa présence continuelle finit par blaser le mari. Sais-tu quelles satisfactions elle lui donne ? Peut-être a-t-il été forcé de la prendre et, plus amoureux de toi que d'elle, lui est-elle insupportable ? Et même s'il la trouve à son goût, tu peux espérer le voir s'en lasser bientôt. Tu as tort de lui reprocher les manquements à ses promesses : s'il revient dans ton lit, quelle meilleure preuve de fidélité ? Demande à Dieu qu'Amour, plus fort que tous les serments de fidélité, te le ramène. Et puis, pourquoi le trouble de cette jeune femme éveillerait-il tes soupçons ? Ignores-tu combien d'hommes t'aiment sans espoir ? Ils ne manqueraient pas de se troubler en apprenant que tu appartiens à Pamphile ! Il est probable que plusieurs femmes l'aiment, lui aussi, et chacune, pour des raisons différentes, doit trouver bien dur d'entendre à son sujet ce qui t'a fait souffrir.

Je me donnais le change, recommençant à espérer et passant des malédictions aux prières. Cet espoir ne suffisait pas à me rendre la joie. Au contraire, le trouble de mon âme était permanent et transparaissait sur mon visage. Je ne savais que faire. J'avais fui mes occupations du début. Dans le premier mouvement de ma colère, j'avais jeté les pierres précieuses, mémorables témoins des jours qui n'étaient plus, j'avais brûlé ses lettres et détruit bien d'autres choses. Je n'aimais plus contempler le ciel, mon incertitude présente étant égale à l'incertitude qui l'avait précédée et m'avait convaincue de son retour. L'envie de raconter des histoires avait disparu, d'autant que les nuits, en cette saison, devenaient plus courtes ; je les passais presque toutes sans pouvoir dormir, pleurant continuellement ou bien absorbée dans mes pensées. Si je parvenais à trouver le sommeil, celui-ci était coupé de rêves, tantôt heureux, tantôt tristes. Les solennités, les églises m'ennuyaient ; je m'y rendais rarement, et seulement par obligation. Retrouvant sa pâleur, mon visage communiquait sa mélancolie à toute la maisonnée et suscitait des commentaires variés. Attendant je ne savais quoi, je demeurais ainsi, triste et abattue[1].

Pendant le jour, j'étais ballottée par mes pensées entre l'envie de pleurer et celle de me réjouir. Mais quand venait la nuit qui ravivait mes maux, seule dans ma chambre, après avoir pleuré et m'être dit une foule de choses, je me sentais plus sagement inspirée en adressant des prières à Vénus :

– Ô céleste beauté, charitable déesse, sainte Vénus, toi qui m'apparus dans cette chambre au commencement de mes malheurs, apporte le réconfort à mes souffrances et tempère-les au nom de ton vénérable et profond amour pour Adonis ! Vois ce que j'endure pour toi, et combien de fois la terrifiante image de la mort s'est présentée à mes yeux. Vois si ma fidélité sans faille a mérité ces peines ! J'étais folâtre, ignorant tes aiguillons, et je me suis pliée dès le premier instant à ta volonté. Tu m'avais promis un grand bonheur et, certes, je ne nierai pas en avoir eu ma part. Mais si mes tourments doivent aussi en faire partie, alors puissent le ciel et la terre périr en un instant ! Qu'on refasse un monde avec de nouvelles lois pareilles à celles-ci ! Même s'il me fait souffrir, qu'il vienne, ce bonheur promis, gracieuse déesse, afin qu'on ne puisse accuser ta bouche sacrée de mentir comme celle des hommes ! Envoie ton fils avec ses flèches et ses torches à mon Pamphile, là où il se trouve à présent, loin de moi ! Si son amour s'est refroidi en mon absence, ou s'il s'est allumé pour une autre, ranime-le, fais-le brûler du même feu que moi !

1. La « mélancolie » – en grec « bile noire » et que la médecine du temps appelait « humeur noire » – présentait des symptômes proches de notre dépression nerveuse.

Ainsi plus rien ne fera obstacle à son retour, et cette consolation m'empêchera de succomber à la douleur ! Ô magnifique déesse, entends mes paroles et, si tu ne veux pas raviver sa flamme, ôte ces aiguillons de mon cœur ! Puissé-je ainsi vivre ma vie, comme lui, sans me tourmenter !

Dans ces prières dont je constatais l'absence d'effet sans pour cela douter que je serais exaucée, je soulageais un peu ma peine en reprenant espoir, et me lançais dans de nouvelles protestations :

– Ô mon Pamphile, où es-tu à cette heure ? Que fais-tu ? Passes-tu les nuits silencieuses à ne pas fermer l'œil ou à pleurer comme moi, ou bien dans les bras de cette femme dont j'ai eu le malheur d'entendre parler ? Dors-tu paisiblement sans nul souvenir de moi ? Comment Amour peut-il gouverner avec des lois aussi différentes le cœur de deux amants brûlant d'une même passion, comme le mien et – qui sait – le tien ? Je l'ignore, mais si les mêmes pensées nous occupent, quelle prison, ou quelles chaînes te retiennent que tu ne puisses rompre pour me rejoindre ? Personne ne m'empêcherait de venir te retrouver, mais il est, le long des routes, des obstacles à la pudeur d'une belle femme. À présent, tu dois avoir réglé tes affaires et les obligations qui te réclamaient. Le désir de ton père de te garder auprès de lui doit être comblé – ce père que je demande aux dieux de faire mourir car je l'estime coupable de te retenir ou, du moins, de t'avoir arraché à moi ! Mais, mes prières obtenant toujours le contraire de ce que j'espère, celles que je fais pour abréger ses jours serviront à les prolonger ! Si ton amour est aussi fort qu'avant, qu'il triomphe d'un vieil homme ! Viens me rejoindre ! Tu ne penses donc pas à moi, seule toutes les nuits dans mon lit, alors que tu pourrais m'y tenir compagnie comme par le passé ? Que de moments interminables n'ai-je pas passés cet hiver, glacée dans mon grand lit ! Rappelle-toi les plaisirs que nous nous sommes donnés si souvent ! Ce souvenir, j'en suis certaine, empêchera toute femme de t'arracher à mes bras ! Cette conviction me donne la certitude que la nouvelle de ton mariage est fausse, et, même si elle était vraie, ton épouse ne t'enlèvera à moi que pour un temps. Reviens, donc, et, si les douces voluptés sont insuffisantes à te ramener, qu'au moins ton retour épargne celle qui t'aime plus que tout d'une mort déshonorante. Hélas ! la souffrance m'a tellement changée que tu me reconnaîtrais à peine ! Mais ce que d'incessantes larmes m'ont fait perdre, la joie brève de revoir ton beau visage suffira à me le rendre, et je redeviendrai la Fiammetta que j'étais.

Viens, viens, mon cœur t'appelle ! Ne laisse pas dépérir ma jeunesse prête à tes plaisirs ! Si tu revenais, je ne saurais comment masquer ma joie aux yeux des autres ! Je craindrais à juste titre de voir notre amour révélé : il nous a obligé à tant de prudence, il nous a coûté tant de souffrance pour le tenir si longtemps caché aux autres ! Puisses-tu venir à présent vérifier comment mes ingénieux mensonges réussissent aussi bien dans les situations heureuses que dans les malheureuses ! Ah ! que n'es-tu déjà là ! Et s'il fallait que les gens le sachent, eh bien ! je crois que je saurais parer à tout !

Comme s'il avait pu entendre mes paroles, je me levais et courais à la fenêtre, trompée en croyant entendre ce que je n'avais pas entendu : Pamphile frappant à notre porte comme à son habitude ! Si mes amoureux assidus l'avaient appris, j'aurais sans doute été la dupe du plus malicieux d'entre eux qui, à ce moment-là, se serait fait passer pour Pamphile ! Mais, aussitôt que j'avais ouvert la fenêtre et regardé la porte d'entrée, mes yeux me prouvaient mon erreur. Ma fausse joie se changeait aussitôt en anxiété, exactement comme la mer déchaînée engloutit le navire en péril quand les vents ont brisé son mât et l'ont emporté dans les vagues avec ses voiles emmêlées. Je me remettais à pleurer, puis, essayant d'apporter un peu de repos à mon esprit, je fermais les yeux pour appeler le sommeil et je l'invoquais :

– Ô Sommeil, doux repos des êtres, véritable paix de l'âme, toi qui fuis ton ennemi le souci, viens à moi et chasse les inquiétudes de mon cœur ! Toi qui détends les corps harassés de labeur et leur rends de nouvelles forces, pourquoi ne viens-tu pas ? Tu dispenses à tous le repos, mais j'en ai besoin plus que tout autre. Les jeunes femmes heureuses qui s'adonnent aux jeux de l'amour dans les bras de leurs amants ne veulent pas de toi et te détestent : quitte leurs yeux pour les miens, moi qui, seule et abandonnée, suis vaincue par les larmes et les soupirs. Ô dompteur des maux, part la meilleure de la vie humaine, apporte-moi ta consolation et, pour m'en priver, attends que Pamphile soit là et qu'il égaie de ses propos joyeux mes oreilles impatientes de l'entendre ! Ô frère alangui de l'impitoyable Mort, toi qui mêles le faux au vrai, pénètre mes yeux éplorés ! Tu fermas les cent yeux d'Argos, qui voulaient rester ouverts ; ferme les miens qui te réclament ! Ô port de la vie, repos du jour, compagnon de la nuit, toi qui dispenses tes bienfaits aux rois comme aux humbles esclaves, pénètre mon triste cœur et redonne-moi quelque force avec la joie. Ô Sommeil très doux, qui forces le genre humain, effrayé par la mort, à faire l'apprentissage du long séjour, prends possession de moi et chasse de mon esprit cette folle passion qui l'épuise inutilement[1].

De tous les dieux, le sommeil est le plus sensible à ma prière, même s'il tarde un peu à l'exaucer. Il lui faut du temps pour venir, paressant et rechignant, puis, silencieusement, sans que je m'en aperçoive, il s'insinue dans ma

1. Cette invocation au Sommeil, divinité jumelle de la Mort, est pratiquement traduite de l'*Hercule furieux* de Sénèque.

tête lasse : elle en a tant besoin qu'en lui elle plonge délicieusement.

Mais si le sommeil vient, il ne m'apporte pas la paix désirée. Au contraire. Remplaçant les soucis et les larmes, mille visions épouvantables m'emplissent d'effroi. On dirait que toutes les Furies ont quitté l'enfer pour m'apparaître sous les formes les plus diverses et les plus horrifiantes, me menaçant de maux effroyables. L'horreur de ces images me réveille fréquemment, mais cela vaut mieux que de les voir en songe. Depuis la nouvelle du mariage de Pamphile, peu de nuits m'ont apporté la joie que me donnait auparavant sa belle vision dans mes rêves. La douleur extrême que j'en éprouve ne s'est jamais apaisée.

Cette situation – les larmes et le chagrin – n'échappaient pas à mon cher mari, mais il en ignorait la raison. Voyant sur mon visage la pâleur remplacer le teint coloré et mes yeux d'un bel éclat s'alourdir de cernes noirs et se creuser, il manifesta plusieurs fois son étonnement. Constatant également que j'avais perdu le sommeil et l'appétit, il m'en demanda la raison. J'incriminai des problèmes d'estomac, apparus je ne sais comment et responsables de ma maigreur. Hélas ! sur la foi de mes paroles, il fit préparer maints remèdes que je prenais pour lui faire plaisir, certaine de leur inefficacité. Quel soulagement les affections de l'âme pourraient-elles attendre de ce qui soulage le corps ? Aucun, selon moi : il se pourrait même qu'une fois l'âme guérie le corps se porte mieux. Il n'était qu'un seul remède à mon mal, mais bien trop loin pour me rendre la santé !

Quand mon mari, abusé, vit l'inutilité de ces soins, il se fit plus tendre avec moi, et s'efforça par de nouveaux moyens de chasser ma mélancolie et de ramener ma joie envolée, mais en pure perte. Il me dit un jour :

– Ma femme, tu connais l'endroit le plus beau et le

plus agréable au monde, la riante Baïes, au bord de la mer, non loin du mont Falerne, entre l'antique Cumes et Pozzuoli. De très belles collines l'entourent, couvertes de forêts et de vignobles, et dans leurs vallons on peut chasser toutes sortes d'animaux. Non loin de là, s'étend une immense plaine, bien faite pour les loisirs de la fauconnerie. Tout près, se trouvent les îles d'Ischia et de Procida, où abondent les lièvres, et le tombeau du grand Misène, entrée du royaume de Pluton, la grotte de la Sibylle de Cumes, le lac Averne, l'amphithéâtre où se déroulaient les jeux antiques, la piscine, la colline du Barbaro, vains ouvrages du cruel Néron. Ces réalisations étonnantes de l'Antiquité sont pour nos contemporains un sujet d'admiration et de distraction. En outre, on y trouve des eaux thermales en abondance qui soignent quantité de maladies, et le ciel, d'une grande pureté en cette saison, est un autre prétexte pour s'y rendre. Là, ce ne sont que fêtes et, au milieu de l'allégresse générale, on rencontre nobles dames et chevaliers. Je veux que nous nous y rendions ensemble : ce séjour sera des plus bénéfiques pour tes maux d'estomac et pour cette sombre humeur où je te vois tombée.

J'eus beaucoup de mal à lui répondre, craignant de ne manquer mon cher amant s'il revenait pendant notre absence ; mais, voyant mon mari décidé, et songeant que Pamphile saurait bien me retrouver, je me déclarai prête à le suivre, et nous partîmes.

Oh ! que le remède choisi par mon mari était opposé à celui que réclamait mon mal ! De ce lieu salutaire aux maladies corporelles, il est rare qu'on reparte l'esprit aussi sain qu'en y arrivant, et même qu'un esprit malade y trouve sa guérison. Rien d'étonnant à cela, même si j'en ignore la cause exacte : soit la proximité de la mer d'où naquit Vénus, soit le printemps, saison où cet endroit est le plus fréquenté. Mais, à ce qu'il m'a semblé, les plus honnêtes femmes y abandonnent la pudeur de leur sexe et se laissent aller à plus de liberté qu'ailleurs. Tous les habitués de l'endroit partagent mon avis. On y est oisif la plupart du temps, et la principale occupation consiste, pour les femmes, à parler d'amour, soit entre elles, soit en se mêlant aux jeunes gens. On ne consomme que des mets délicats et des vins vieux au noble bouquet, capables non seulement de réveiller chez un homme le désir assoupi, mais encore de ressusciter un désir mort ! Quant aux vertus qu'apportent les eaux thermales en ce domaine, seule l'expérience peut le dire.

Sur les bords de mer, dans les jardins d'agrément, en tout lieu, ce ne sont que fêtes, jeux surprenants, danses exquises, concerts d'instruments, chansons d'amour que la jeunesse invente sur des airs de musique. Il est bien difficile de se garder de Cupidon, qui règne ici en maître, aidé par tant de choses où il trouve si facilement à exercer ses forces.

C'est donc en ce lieu, compatissantes dames, que mon époux pensait pouvoir me guérir de ma fièvre amoureuse. Mais, une fois arrivés là, Amour n'en usa pas avec moi autrement qu'avec les autres. Mieux même, mon âme, prise déjà tout entière – mais un peu (oh ! bien peu) refroidie par la longue absence de Pamphile, par les larmes et la souffrance –, se ralluma avec une force jusqu'alors inconnue. Comme je l'ai dit, cela tenait à l'endroit – et je me souvenais que Pamphile m'y avait accompagnée plusieurs fois. M'y retrouver sans lui ravivait en moi l'amour et la douleur. Tous ces coteaux et ces vallons avaient été témoins de notre joie, quand nous nous retrouvions, avec d'autres, à tendre des rets, à mener la meute, à dresser des pièges pour le gibier. Pas un rivage, pas un rocher, pas un îlot dont la vue ne me faisait dire : « J'étais ici avec Pamphile, il m'a dit ceci, nous avons fait cela ». Tout réveillait son souvenir et mon désir de le revoir ici ou ailleurs, et de vivre comme par le passé.

Ainsi que le désirait mon mari, nous commençâmes à

nous donner différentes distractions. Parfois, levés avant l'aurore, nous montions à cheval et, sur nos montures à l'amble, tantôt avec des chiens, tantôt avec des oiseaux dressés, parfois les deux, nous parcourions en tous sens les campagnes alentour riches en gibier, traversant les forêts ombragées ou coupant à travers champs. Le spectacle de la chasse, réjouissant pour tous les autres, n'apportait qu'un peu d'apaisement à ma douleur. À la vue d'un bel envol ou d'une grande poursuite, des mots me montaient aux lèvres : « Ô cher Pamphile, que n'es-tu là pour y assister comme avant ! » Alors que j'avais supporté sans trop d'ennui la chasse et son spectacle, ce souvenir seul suffisait à me replonger dans ma douleur secrète et me faisait tout interrompre. Que de fois, en pareilles circonstances, n'ai-je pas laissé tomber de mes mains arc et flèches, moi qui étais experte à chasser, à tendre des filets ou à lâcher la meute ! Au cours de nos fréquentes chasses au faucon, il m'arriva souvent d'être si absorbée dans mes pensées que l'oiseau prît son envol sans attendre mon signal. Ce qui me passionnait autrefois me laissait indifférente. Après avoir parcouru les vallons, les coteaux, les vastes plaines, mes compagnons et moi ramenions un beau tableau de chasse et trouvions bien souvent le logis en liesse, car il s'y donnait de multiples fêtes.

D'autres fois, au pied de hautes falaises surplombant la mer et étendant leur ombre sur la plage, nous dressions des tables et mangions en compagnie d'une nombreuse jeunesse. À peine étions-nous levés de table, que divers instruments de musique se faisaient entendre, et les jeunes gens exécutaient différentes danses auxquelles j'étais parfois forcée de participer. Mais je n'avais pas le cœur à danser, et, me sentant trop faible, je me retirais bien vite et allais m'asseoir avec d'autres sur des tapis étendus. J'écoutais la musique dont les doux accents pénétraient mon âme, mais la pensée de Pamphile ne s'accordait pas avec ceux-ci, et même les notes joyeuses me touchaient douloureusement. Le plaisir des sons ranimait en moi les forces assoupies de l'amour et me remémorait le temps du bonheur où, au son de ces instruments, je dansais en déployant sous les yeux admiratifs de Pamphile toutes les ressources de mon art. Mais, lui absent, je n'aurais pas hésité à pleurer amèrement sur ces temps heureux, avec force soupirs, si cela ne m'avait paru inconvenant. Beaucoup de jeunes dames chantaient, produisant sur moi le même effet que les danses. Si l'une des chansons s'accordait à ma douleur, je l'écoutais avec beaucoup d'attention, désireuse de l'apprendre et de la fixer dans mon esprit. Ainsi, sous le couvert de belles phrases, je pourrais me plaindre en public, en choisissant ce qui avait trait à mes malheurs.

Les jeunes dames, fatiguées par plusieurs tours de danses, venaient s'asseoir. Il arrivait souvent que des jeunes gens amoureux fissent un cercle étroit autour de nous. Là ou ailleurs, un tel cercle me rappelait toujours la première fois que je fus prise par Pamphile, alors qu'il se tenait derrière les autres, et je promenais mes yeux parmi ces hommes, dans le vague espoir de le voir comme cette fois-là. Les regardant, j'en remarquais parfois qui fixaient la dame de leur cœur ; mon œil maintenant exercé s'insinuait partout et savait reconnaître l'homme qui aimait, la femme qui se moquait. Je louais tantôt l'un, tantôt l'autre, me disant parfois que j'aurais mieux fait d'agir comme ces dames qui, tout en se jouant, restaient libres de leur sentiment. Puis, repoussant une telle idée, je me trouvais heureuse d'avoir été fidèle, si l'on peut trouver quelque bonheur à souffrir. Mon regard et mes pensées retournaient aux attitudes de ces jeunes amants, et je tirais une sorte de consolation à voir leur ferveur amoureuse. Je les félicitais à part moi et, après les avoir longuement et attentivement contemplés, je me disais : « Heureux êtes-vous de n'être pas privés, comme moi, de cet autre vous-même ! Hélas ! je ne me comportais pas autrement que vous ! Que votre bonheur dure ! Je resterai le seul exemple du malheur en ce monde ! Si Amour, au moins, me rendait insatisfaite de ce que j'aime : il raccourcirait mes jours, mais en éternisant mon nom, comme Didon, par la gloire attachée à la souffrance ! »

Sur ce, je regarde à nouveau ces jeunes gens et leurs diverses attitudes. Combien en ai-je vu ici qui, constatant l'absence de leur dame, perdaient tout intérêt pour la fête et s'en allaient, mélancoliques ! Dans mon malheur, ils m'arrachaient un faible sourire : je n'étais plus seule à souffrir ; à travers la mienne, je comprenais la souffrance des autres.

Voilà donc, mes chères dames, en quel état d'esprit me laissaient les délicieuses baignades, les chasses harassantes et les fêtes joyeuses sur les plages. La pâleur de mon visage, mes soupirs incessants, la perte de l'appétit et du sommeil étaient autant de preuves, aux yeux de mon mari et des médecins, du caractère incurable de ma maladie. C'est pourquoi nous revînmes en ville où s'ouvrait la saison des fêtes, nombreuses et variées, mais qui allaient renouveler mes tourments.

Plusieurs jeunes dames se marièrent et, en raison de mes liens de parenté, d'amitié ou de voisinage avec les époux, je fus l'une des premières invitées aux noces, où je fus forcée de me rendre, à l'injonction de mon mari qui voyait là un dérivatif à ma triste humeur. Dans ces occasions, il me fallait revêtir mes parures délaissées, et j'arrangeais le mieux possible mes cheveux, naguère unanimement comparés à de l'or, mais devenus à présent presque cendreux. Je me rappelais que Pamphile les mettait au premier rang de mes beautés, et ce souvenir ajoutait au trouble de mon âme ; j'étais parfois si absorbée que j'avais l'impression d'être arrachée à un profond sommeil par mes servantes : je ramassais alors le peigne tombé de mes mains et recommençais à me coiffer. Désireuse, comme toutes les jeunes femmes, de prendre conseil de mon miroir sur le choix de ma toilette, je m'y voyais dans toute mon horreur, ayant perdu jusqu'au souvenir de ma beauté, et je doutais que l'image renvoyée par le miroir fût la mienne, songeant à quelque infernale furie que, pleine de crainte, je cherchais autour de moi ! Une fois parée, et dans le même état d'âme, je me rendais en compagnie à ces fêtes qui n'étaient joyeuses que pour les autres, car Dieu seul sait qu'après le départ de Pamphile je n'ai pas connu une seule fête où je n'ai trouvé de tristesse !

Bien que ces noces ne se déroulassent ni au même endroit ni au même moment, j'y montrais toujours le même visage, auquel je donnais, autant que possible, le masque de la joie. Mon âme, elle, gardait la même douloureuse disposition à trouver des raisons de souffrir dans tout ce qui se présentait à elle d'heureux ou de triste. Après avoir été honorablement accueillie, je promenais mon regard sur l'assemblée, non pour l'éclat des toilettes, mais dans l'espoir – dont mon esprit entretenait l'illusion – d'y trouver Pamphile, comme lorsqu'il fréquentait ces mêmes endroits. Son absence m'apportait confirmation de ce que je savais déjà avant d'arriver, et, résignée, j'allais m'asseoir avec les autres dames, déclinant les marques d'honneurs auxquelles seule la présence de Pamphile donnait du prix.

Après le mariage et l'apparat du banquet, on enlevait les tables et les danses commençaient, sur des airs chantés ou joués par divers instruments. La fête remplissait de ses échos la maison de la jeune épousée. Ne voulant pas paraître hautaine, je m'associais poliment à certaines danses, puis retournais m'asseoir pour me plonger dans de nouvelles pensées.

Je me remémorais le jour de mon propre mariage, la solennité qui avait accompagné la cérémonie, où je me revis, innocente, libre de passions, sans nulle tristesse, heureuse et fêtée. Par comparaison avec le présent, ces temps-là avaient subi de grands changements et, si le lieu me l'avait permis, je me serais laissée aller aux larmes. À la vue de ces hommes et de ces femmes qui s'amusaient, une pensée me traversait l'esprit : que de fois, en pareilles circonstances, n'avais-je pas pris part aux amusements en déployant, sous le regard de mon Pamphile, toutes les ressources qu'exige un tel art ! Je souffrais moins de ne pas me divertir que de la raison qui m'en empêchait. Tout en prêtant l'oreille aux bons mots, aux chansons et aux sons des instruments, je me rappelais en soupirant ceux de naguère. Feignant d'y prendre plaisir, mais impatiente que la fête finît, je passais les heures dans la peine, mécontente au fond de moi-même. Cependant, je continuais à tout observer et, parmi les jeunes gens faisant cercle autour des dames pour les admirer, j'en remarquais un grand nombre – presque tous ! – qui regardaient de temps à autre dans ma direction en commentant tel ou tel aspect de ma personne, à voix basse, mais pas assez cependant pour m'empêcher d'entendre ou de deviner le sujet de leurs conversations :

– Regarde cette jeune femme : sa beauté était unique en notre ville. Vois ce qu'elle est devenue ! As-tu remarqué son air, Dieu sait pourquoi, frappé de stupeur ?

Ils me regardaient d'un air condescendant, comme touchés de compassion par mon malheur, puis partaient, me laissant une pitié plus grande de moi-même.

D'autres se demandaient entre eux : « Cette femme a-t-elle été malade ? ». Puis répondaient : « On le dirait, à la voir, tant elle a maigri et perdu ses couleurs. Quel dommage, quand on pense à sa beauté envolée ! »

D'autres montraient une intuition plus fine, et j'en souffrais, les entendant conclure une longue conversation par ces mots :

– La pâleur de cette jeune personne est l'indice d'un cœur amoureux. Aucune maladie, sinon un amour trop ardent, ne peut provoquer une telle maigreur ! En vérité, elle aime, et il faut être bien cruel pour la tourmenter ainsi : elle n'est plus que l'ombre d'elle-même !

Cette fois-là, je ne pus m'empêcher de soupirer, voyant plus de pitié chez les autres que chez le seul homme auquel j'aurais dû en inspirer. J'adressais aux dieux une prière silencieuse pour le bonheur de ces jeunes gens. Je me souviens que ma réputation me valut quelques défenseurs parmi ces discoureurs :

– Cette femme ? Amoureuse et tourmentée ? Quelle idée ! Il n'y a pas plus honnête qu'elle. On ne lui a jamais trouvé d'amant, ni rien entendu dire à ce sujet. Et l'amour n'est vraiment pas une passion qu'on peut cacher longtemps !

« Hélas ! me disais-je, comme ils sont loin de la vérité en ne me croyant pas amoureuse ! Je ne suis pas comme tant d'autres qui étalent leurs amours aux yeux des jeunes gens et les laissent circuler de bouche en bouche ! »

Bien souvent, dans ces fêtes, se présentaient devant moi de jeunes gentilshommes, de belle tournure et d'aspect aimable, qui avaient déjà tenté plusieurs fois et de plusieurs manières d'attirer mes regards et d'y faire naître un désir répondant au leur. Après m'avoir regardée un moment, si enlaidie, et s'estimant heureux, sans doute, que je ne les eusse pas aimés, ils s'éloignaient en disant : « La beauté de cette femme est flétrie ! »

Mesdames, pourquoi vous cacher ces mots qu'aucune femme, pas plus que moi, n'aime entendre ? J'attachais beaucoup de prix à ma beauté pour les seuls yeux de Pamphile, mais son absence ne m'empêchait pas de ressentir cruellement ces propos sur la perte de cette beauté. Au cours de ces fêtes, je me souviens m'être retrouvée parfois dans un cercle de femmes discourant de leurs amours. Très attentive à ce qu'on disait sur les amours des autres, je pus facilement me rendre compte qu'il n'en était pas de plus fervent, ni de plus secret, ni de plus tourmenté que le mien, même s'il en était de plus heureux et de moins honnêtes. Partout où je me trouvais, je regardais et j'écoutais, et, pensive, je laissais passer les heures fugitives. Parfois, après un moment de repos, les dames se levaient pour de nouvelles danses, et m'invitaient, sans succès, à y prendre part. Elles s'y montraient, avec leurs cavaliers, fort attentives et absorbées, les unes désireuses d'exhiber leur habileté, les autres poussées par leur lasciveté. Seule, ou presque, à rester assise, j'observais plusieurs d'entre elles, irritée par des attitudes et des gestes surprenants. J'en blâmais quelques-unes, tout en mourant du désir d'être à leur place si Pamphile s'était trouvé là. Le seul fait de penser à lui m'attristait, et m'attriste : Dieu sait pourtant s'il ne mérite pas mon amour ! Parfois, après avoir longuement regardé ces danses, le spectacle, déjà pénible, me devenait insupportablement ennuyeux parce qu'un nouveau souci me sollicitait. Je me levais, désirant épancher ma douleur à l'abri des regards, et me retirais à l'écart. Là, je laissais couler mes larmes, faisant payer à mes yeux les vanités dont ils s'étaient follement repus. Ces pleurs s'accompagnaient de paroles pleines de colère. Consciente de l'hostilité de la Fortune à mon égard, je me souviens m'être adressée à elle en ces termes :

– Ô Fortune[1], épouvantable ennemie du bonheur des mortels, unique espoir des malheureux, toi qui fais se succéder les règnes et gouvernes les hasards de ce monde, tes mains élèvent ou rabaissent selon ton humeur changeante ! Non contente de te donner tout entière à un homme,

1. La Fortune est un concept familier au Moyen Âge et à la Renaissance. Force aveugle et insaisissable, justifiant l'instabilité des destinées individuelles ou collectives, on la représente souvent sous les traits d'une femme aux yeux bandés, ou sous la forme d'une roue en mouvement.

tantôt tu l'exaltes, tantôt tu l'humilies. Au bonheur que tu donnes, tu ajoutes des difficultés imprévues, afin que les mortels, dans leur dénuement, pensent te devoir des prières et adorent ta divinité aveugle ! Car tu es aveugle et sourde, insensible aux larmes des misérables, jouant avec ceux que tu as portés aux nues. Ceux-ci, se laissant bercer de faux espoirs par ton visage riant, t'étreignent de toutes leurs forces, mais ils apprennent à leurs dépens comment tu peux changer de visage quand tu leur envoies une catastrophe ! Je fais partie de ceux-là et j'ignore quelle hostilité ou quelle faute commise envers toi m'a valu de ta part cette malveillance. Hélas ! Ceux qui, confiants en leur grande réussite, haut placés, exercent leur domination et s'abandonnent, crédules, à ce qui leur sourit, n'ont qu'à me regarder : je suis passée de grande dame à humble esclave et – pis que tout ! – je me vois méprisée et repoussée par mon maître !

Tout esprit sain se rend compte que je suis le meilleur exemple de tes retournements. En venant au monde, j'ai reçu de toi, inconstante Fortune, abondance de biens, comme peuvent l'être noblesse et richesses. J'ai grandi avec elles, et tu n'as jamais retiré ta main : je les ai possédées magnanimement, les sachant instables, et j'en ai usé généreusement, contrairement à la nature avare des femmes. J'étais sans expérience et j'ignorais que, dispensatrice des passions, tu eusses une si grande part dans le royaume d'Amour. Ta volonté seule me fit tomber amoureuse, et j'aimai l'homme que toi seule mis sous mes yeux au moment où je me croyais à cent lieues d'aimer ! Dès que tu sentis mon cœur indissolublement lié par sa beauté, instable comme tu l'es, tu cherchas plusieurs occasions de le tourmenter. Par des artifices aussi trompeurs qu'inutiles, tu fis naître le soupçon dans l'esprit de nos proches, et, parfois, tu nous fis nous regarder avec méfiance afin de nuire à notre amour en le révélant au grand jour. Tu voulus que des mots salissant mon aimé parvinssent jusqu'à moi, et je suis sûre que tu lui en fis parvenir de semblables sur mon compte, susceptibles d'allumer la haine entre nous si nous les avions crus. Mais les choses ne se passèrent pas selon ta volonté. En admettant que tes forces puissent s'imposer aux choses extérieures, elles n'ont aucune prise sur les vertus de l'âme : notre raison fut plus forte que toi sur ce point. Mais à quoi bon s'opposer à toi ? Tu connais mille chemins pour nuire à tes ennemis et, à défaut d'aller droit au but, tu y parviens par des voies détournées. Incapable de susciter la haine entre nous, tu t'efforças d'y instiller un équivalent, en y ajoutant la douleur et l'angoisse. Déjouées par notre sagesse, tes ruses empruntèrent une autre voie. Hostile à l'un comme à l'autre, tu provoquas notre séparation et nous éloignas l'un de l'autre. Hélas ! pouvais-je penser que tu ferais naître mon malheur en un lieu fort éloigné d'ici et dont me séparent la mer, les montagnes, les vallées et les fleuves ? Non, jamais. Pourtant, c'est ainsi. Malgré cela, malgré notre éloignement l'un de l'autre, je ne doute pas qu'il m'aime autant que je l'aime, c'est-à-dire plus que tout au monde. Mais cet amour ne fait-il pas de nous des ennemis ? C'est donc que notre raison n'a rien pu faire contre toi. Tu as emporté avec lui tout mon plaisir, tout mon bien et toute ma joie, et avec eux les fêtes, les parures, les choses belles, la joie de vivre... Tu as laissé à leur place les larmes, la tristesse, et une angoisse insupportable. Mais tu n'as pu, tu ne peux m'empêcher de l'aimer ! Si ma jeunesse m'avait fait commettre une faute envers ta divinité, l'innocence de l'âge devait m'excuser. Si tu voulais te venger de moi, pourquoi n'as-tu pas limité ta vengeance à ton domaine ? Tu as fauché dans un champ qui ne t'appartient pas. Qu'as-tu à voir avec les choses de l'amour ? Je possède de grands et beaux palais, de vastes pâturages, de nombreux troupeaux, rien que des trésors prodigués par tes mains : pourquoi ta rage n'a-t-elle pas frappé là, par le feu, l'eau, le pillage ou la mort ? Tu m'as laissé ce qui ne peut me consoler – comme Bacchus accordant à Midas le pouvoir de mourir de faim[1] –, et tu as emporté mon bien le plus précieux ! Maudites soient les flèches de l'amour qui osèrent se venger de Phébus[2] et supportent tant d'insultes de ta part ! Si elles t'avaient blessée comme elles me blessent, peut-être réfléchirais-tu à deux fois avant de nuire aux amants ! Mais tu m'as injuriée en faisant de la femme que j'étais, riche, noble, puissante, l'être le plus misérable de cette ville. Ce spectacle, tu l'as sous tes yeux : tout le monde est joyeux et s'amuse, moi seule verse des larmes. Ce n'est pas d'aujourd'hui : je pleure depuis si longtemps que ta colère devrait s'être calmée. Je te pardonnerai tout si tu m'accordes la grâce de me réunir à Pamphile comme tu m'en as séparée ! Et si ta colère dure encore, fais-la retomber sur le reste de mes biens ! Ô cruelle, daigne t'attendrir sur moi ! Tu vois, je suis presque devenue la fable de la ville où la renommée célébrait naguère ma beauté ! Il est temps de te montrer pitoyable envers moi si tu veux que je puisse me louer de toi et, avec d'aimables paroles, honorer ta majesté à laquelle je promets de dédier, quand tu m'auras exaucée, une image de moi peinte en ton honneur, dans l'église que tu préféreras, avec cette inscription en vers, bien visible : « Voici Fiammetta, que la Fortune a menée du fond du malheur au comble de la béatitude. »

Je me faisais bien d'autres réflexions, fastidieuses à rapporter, et qui finissaient toujours dans les larmes. Une fois, des dames, m'entendant pleurer, me réconfortèrent et,

1. Midas avait imprudemment demandé à Bacchus et obtenu de ce dernier que tout ce qu'il toucherait se changerait en or : ce pouvoir s'étendant aux aliments, il fut bien près de mourir de faim !

2. Phébus se moqua des armes d'Amour. Celui-ci se vengea en lui décochant une flèche qui le fit s'éprendre de Daphné.

malgré moi, me ramenèrent dans le joyeux cercle des danses.

Ô dames amoureuses, qui pourrait croire le cœur d'une jeune femme plein d'une tristesse telle que rien ne peut la dérider ; pis, que tout fait souffrir à longueur de temps ? Personne. Moi, malheureusement, je connais la réalité puisque c'est ce que j'éprouve ! Souvent, en été, pour mieux supporter la canicule, je montais, avec d'autres dames, à bord d'une rapide embarcation à plusieurs rames. Nous accompagnant de chants et de musique, nous fendions les flots de la mer à la recherche d'une côte rocheuse ou de grottes naturelles, creusées dans les falaises, asiles d'ombre et de fraîcheur. Mon corps y trouvait un véritable apaisement à l'ardente chaleur, mais le feu de mon âme n'en recevait nul soulagement, bien au contraire. Une fois à l'abri du soleil, ennemi des peaux délicates, j'étais reprise par mes soucis d'amour, et ceux-ci, remarquons-le, alimentent et augmentent les flammes de la passion. Quand nous avions trouvé l'endroit que nous cherchions, nous faisions large place à nos récréations, selon nos désirs. Nous rencontrions, ici ou là, tantôt un groupe de dames et de jeunes gens, tantôt un autre, occupant le moindre espace de plage ou de rochers où s'étendait l'ombre protectrice d'un surplomb. Quel immense plaisir en tirent les esprits sains ! Un peu partout, on voyait des tables dressées, couvertes de nappes blanches et si joliment décorées que leur vue aurait donné de l'appétit même à ceux qui n'avaient pas faim. En d'autres endroits, vu l'heure, on voyait de joyeux convives en train de déjeuner, conviant gaiement les promeneurs à leurs réjouissances.

Après nous être donnés nous aussi aux joies d'un bon repas, nous débarrassions les tables pour quelques danses, puis nous remontions sur nos barques et parcourions divers endroits du rivage. Parfois, un beau spectacle s'offrait aux jeunes gens : de charmantes filles qui n'avaient gardé qu'une fine tunique de soie, pieds nus et bras nus, marchaient dans l'eau, soulevant de gros galets pour y découvrir des coquillages. En se baissant pour les ramasser, elles montraient souvent les beautés cachées de leur opulente poitrine. Ailleurs, on voyait des pêcheurs plus expérimentés qui se servaient de filets ou d'ingénieux instruments pour attraper des poissons.

À quoi bon détailler les innombrables plaisirs qu'on peut trouver en ces lieux ? L'intelligence suffit à les imaginer, puisque ne s'y retrouvent que des personnes jeunes et gaies (s'il en est d'autres, on ne les voit pas !). Les cœurs y sont ouverts et libres : il y a pour cela tant de raisons qu'aucune demande n'est refusée. Pour ne pas troubler mes compagnes, mon visage prenait le masque de la joie sans pour autant arracher mon âme à sa peine : rien de plus difficile, comme en conviendront ceux qui ont essayé. Comme aurais-je pu être heureuse au souvenir de Pamphile s'adonnant à ces mêmes plaisirs – avec ou sans moi – lui dont je ressentais si fort l'absence sans espoir de le revoir ? Si l'inquiétude torturait mon cœur au point de le tenir constamment occupé par mille soucis, mon ardent désir de revoir Pamphile me faisait perdre le jugement. Le sachant absent, comment pouvais-je croire possible sa présence et, sans réfléchir à cette contradiction, chercher à savoir s'il était là ? Je ne pouvais voir un navire sur la mer – et on en comptait autant que les étoiles dans un ciel clair et serein – sans que mon regard ne s'y portât aussitôt ! Pamphile jouait d'un seul instrument de musique, mais au moindre son je dressais l'oreille, cherchant le musicien des yeux pour voir s'il s'agissait de lui ! Ma quête s'étendait à toutes les plages, à tous les rochers, à toutes les grottes marines, à tous les groupes de personnes. J'avoue que cet espoir vain et trompeur m'arrachait force soupirs, et que lorsque cet espoir s'éloignait, on aurait dit que ces soupirs, s'échappant de mon cerveau, jaillissaient de mes yeux sous forme de larmes. Ainsi les fausses joies se changeaient-elles en vrais tourments.

Notre ville de Naples, plus que toutes celles d'Italie, est riche en festivités : mariages, établissements de bains, bords de mer, il y a là de quoi réjouir ses habitants. Elle leur offre de fréquents et nombreux divertissements, tantôt sous une forme, tantôt sous l'autre. Mais ceux où elle brille particulièrement, ce sont les joutes. Selon une de nos vieilles coutumes, dès la fin des mois pluvieux, quand le printemps, grâce aux fleurs et à la végétation nouvelle, redonne au monde ses beautés perdues, et que la saison enflamme les jeunes cœurs, plus prompts à laisser parler leurs désirs, on invite les dames nobles à rejoindre, les jours de fêtes, les chevaliers sous les arcades. Parées de leurs plus précieux bijoux, elles s'y réunissent, et je doute qu'avec leurs atours les brus de Priam et les femmes troyennes, assemblées au cours des solennités devant leur beau-père, aient offert un spectacle plus noble et plus somptueux que celui de nos dames aux divers endroits de la ville. Quand elles sont assemblées en foule sur les tribunes où chacune fait étalage de sa beauté, n'importe quel étranger connaisseur, à la vue de leurs nobles maintiens, de leurs manières distinguées, de leurs parures plus dignes de reines que de femmes communes, les prendrait pour de grandes dames de l'Antiquité revenues parmi nous, plutôt que pour des femmes de notre siècle. L'une, c'est pour son air altier qu'on la compare à Sémiramis ; quant à celle-ci, ce sont ses parures qui la font ressembler à Cléopâtre ; la beauté de celle-là fait penser à Hélène ; la prestance de cette autre, pour des yeux attentifs, n'a rien à envier à Didon. Et d'ailleurs pourquoi les comparer ? Chacune d'elles a un air de majesté plus divine qu'humaine. Moi-même, avant de perdre mon cher Pamphile, j'entendis plusieurs fois des jeunes gens se demander à qui l'on devait me comparer :

à la vierge Polyxène[1] ou à Vénus ? Les uns jugeaient exagérée la comparaison avec une déesse, les autres insuffisante la comparaison avec une mortelle !

Dans de si nobles assemblées, on ne reste pas longtemps assis sur les gradins, ni dans le silence, ni dans le murmure à voix basse. Tandis que les plus âgés regardent, les jeunes gentilshommes, auxquels les dames tendent leur jolie main, dansent et chantent leurs amours à pleine voix. La partie la plus chaude de la journée s'écoule ainsi, dans la joie qu'on imagine. Quand les rayons du soleil commencent à tiédir, on voit arriver les princes glorieux de notre royaume de Naples dans l'apparat de leur magnificence. Après qu'ils ont longuement admiré la beauté des femmes et des danses, ils quittent les lieux en compagnie des jeunes chevaliers et damoiseaux et, peu après, ils reviennent en un grand rassemblement, ayant changé de costume. Quelle langue aurait assez d'éloquence et de termes choisis pour dépeindre la richesse de ces nobles usages ? Ni celle d'Homère, ni celle de Virgile, malgré leurs récits poétiques des cérémonies grecques, troyennes et italiques. Aussi resterai-je en dessous de la réalité si je voulais décrire ces fêtes à celles d'entre vous qui n'y ont pas assisté. Mais cette évocation n'est pas hors de propos, au contraire : mes sages lectrices comprendront que j'étais dans un état de tristesse permanent, inconnu de toute femme jusqu'ici, et que le plaisir offert par ces brillants spectacles ne pouvait distraire.

Mais j'en reviens à mon sujet. Chevauchant des coursiers plus rapides que les vents les plus forts, nos princes font leur entrée, eux dont la jeunesse, la beauté singulière et la valeur remarquable charment la vue des spectateurs. Ils se montrent dans leurs habits de pourpre

1. La plus jeune des filles de Priam : épris d'elle, Achille se montra prêt à trahir les siens.

ou d'indiennes, brodés de couleurs et d'or, rehaussés de perles et de joyaux, comme les caparaçons de leurs chevaux. Leurs cheveux blonds retombent sur leur cou d'une blancheur de neige et sont serrés sur la tête par un mince cercle d'or ou par de petites couronnes de feuillage printanier. Tenant en leur main gauche un léger écu, la lance en leur droite, l'un après l'autre, au son des trompettes qui les y invitent, ils commencent à jouter devant les dames. Ils se succèdent, et les éloges vont à celui qui garde sa lance au plus près du sol, bien couvert sous son écu, sans gestes maladroits sur son cheval lancé au galop.

On m'invitait comme toujours, pauvre malheureuse, à ces fêtes et à ces jeux. J'y éprouvais bien de la peine, car je me rappelais avoir vu Pamphile regardant ce spectacle, assis parmi les vieux chevaliers que les ans avaient rendus respectables : malgré son jeune âge, sa valeur le faisait admettre en leurs rangs. Tel Daniel parmi les prêtres jugeant la femme accusée d'adultère[1], il siégeait parfois au milieu de ces chevaliers drapés dans leurs habits. L'un ressemblait à Scévola par son air autoritaire, l'autre à Caton le Censeur ou Caton d'Utique par son air grave, d'autres arboraient une dignité qu'on aurait crue empruntée au grand Pompée, d'autres une vigueur rappelant Scipion l'Africain ou Cincinnatus[2]. Ils regardaient les cavaliers courir, et ils frémissaient en se souvenant de leurs jeunes années ; ils louaient tantôt l'un, tantôt l'autre des concurrents, et Pamphile confirmait leur jugement. Je l'entendis même comparer auprès d'eux ces jeunes cavaliers aux plus valeureux des anciens. Comme il m'était doux, alors, d'entendre ces mots, en raison de celui qui les prononçait, de ceux qui les écoutaient et de mes concitoyens

1. L'Ancien Testament (*Dn*, 13, 49-62) raconte l'histoire de Suzanne, dénoncée pour adultère par deux vieillards et innocentée par Daniel.

2. Cincinnatus est le type même du citoyen romain dévoué à sa patrie. Paysan et soldat, il retourna à sa charrue après avoir été dictateur.

qui en étaient l'objet ! Ce souvenir m'est cher encore ! Quand Pamphile parlait de nos jeunes princes, dont le maintien révélait parfaitement l'âme royale, il disait de l'un qu'il ressemblait à Parthénopée, le plus valeureux des fils qu'Atalante envoya assiéger Thèbes, malgré son jeune âge, et disait d'un autre qu'il avait l'air du bel Ascagne, dont Virgile a loué magnifiquement les qualités dans ses vers. Il comparait un troisième à Déiphobe ; un quatrième, pour sa beauté, à Ganymède[1]. Quant à la foule des plus âgés, elle lui inspirait des comparaisons non moins heureuses. S'il en venait un, visage coloré, barbe rousse, blonde chevelure retombant sur un cou blanc, et coiffé, comme Hercule, d'une mince et avantageuse couronne de feuillage vert, vêtu de fins tissus de soie moulant son corps, avec des broderies savamment exécutées, un manteau retenu sur l'épaule droite par une agrafe d'or, le côté gauche protégé par l'écu, empoignant la lance légère pour les joutes, il comparait son allure à celle d'Hector. Un autre s'avançait, vêtu de la même manière, avec la même hardiesse sur le visage, un pan du manteau jeté sur l'épaule, maintenant habilement de la main gauche les rênes de son cheval : il en parlait comme d'un nouvel Achille. Un autre suivait, soutenant sa lance, l'écu dans le dos, les cheveux noués par un voile léger, peut-être un présent de sa dame : Pamphile l'appelait Protésilas. Il donnait le nom de Pyrrhos[2] au suivant, coiffé d'un gracieux chapeau, au visage bruni, à la barbe fournie et à la mine féroce. À propos d'un autre, à l'air plus doux, très blond, élégant et plus apprêté que les précédents, il croyait pouvoir parler de Pâris ou de Ménélas. Bref, dans ce cortège, on pouvait reconnaître

1. Guerriers grecs ou troyens s'illustrant dans les deux grandes épopées de l'Antiquité, l'*Iliade* et l'*Énéide* (Ascagne est le fils d'Énée). C'est autour des histoires de Troie, de Thèbes et d'Énée que se construit une partie de la production romanesque médiévale.

2. Protésilas savait que le premier Grec à toucher le sol de Troie serait tué : il se dévoua. Pyrrhos (le Roux) est le fils d'Achille.

Agamemnon, Ajax, Ulysse, Diomède[1], ou quelque autre guerrier grec, phrygien ou romain, digne de louanges. Il ne distribuait pas les noms au hasard, mais il étayait ses comparaisons de bons arguments, en appréciant leur comportement. Il était aussi agréable de l'entendre parler que de voir ceux dont il parlait.

Après avoir défilé devant les spectateurs sur deux ou trois tours de lice, les cavaliers commençaient les joutes. Droits sur leurs étriers, protégés par leurs boucliers, la pointe de leur lance presque au ras du sol, ils s'élancent sur leurs chevaux plus rapides que le vent. Tout les encourage à une course plus belle et plus décidée : l'air où montent les voix de la foule, les sonneries, la musique, le claquement des caparaçons sur les flancs des chevaux. Sous les yeux du public, ils suscitent à maintes reprises l'admiration dans le cœur des spectateurs. Que de femmes ai-je vu comblées de plaisir à la vue d'un mari, d'un amant, d'un proche, et même celles venues en simples spectatrices ! Et moi, qui pourtant voyais un époux, des parents, moi seule, privée de la vue de Pamphile que je savais loin, les regardais sans joie !

Ô mesdames, est-il étonnant que ce spectacle me soit sujet de souffrance et que rien ne puisse m'égayer ? Quelle âme subissant les tourments de l'enfer ne se réjouirait à cette vue ? Celles que séduisit la lyre d'Orphée en oublièrent leurs peines tout un moment. Et moi, je ne puis soulager, sinon oublier la mienne, au son de ces innombrables instruments, au milieu de ces multiples réjouissances !

Si, au cours de ces fêtes, je cache ma souffrance sous un visage riant, donnant trêve à mes soupirs, quand vient la nuit, ou quand je me retrouve seule, je verse autant de larmes que j'ai économisé de soupirs pendant la journée !

1. Ami d'Ulysse.

Ces spectacles me donnent à penser, surtout à cause de leur vanité, plus malsaine que salutaire, comme j'en fais l'expérience. La fête terminée, je quitte les lieux et, parfois, je m'irrite contre les vaines apparences du monde :

– Heureux l'homme inoffensif, dans le séjour d'une campagne solitaire, sous un ciel dégagé ! Il ne sait que dresser des pièges pour les bêtes sauvages et des nasses pour les oiseaux trop confiants : nul tourment de l'âme ne peut l'atteindre. Si la fatigue épuise son corps, il reprend des forces, étendu sur l'herbe fraîche ; il s'arrête sur la berge d'un ruisseau, puis gagne l'ombrage des futaies ; là, il entend la plainte des oiseaux, douce et murmurante, les branches frémissantes qu'agite la brise comme si elles s'accordaient à leurs chants ! Ô Fortune, pourquoi ne m'avoir pas concédé une telle vie au lieu de l'inquiétude que me valent tes largesses si désirées par d'autres ! À quoi me servent les grands palais, les lits somptueux, les cortèges de serviteurs, si mon âme anxieuse erre en des pays inconnus sur les traces de Pamphile, sans donner jamais de repos à mon corps épuisé ?

Qu'il est agréable, qu'il est aimable de fouler les rives d'un cours d'eau, de dormir d'un doux sommeil à même le gazon, bercé par la musique suave et susurrante d'un ruisseau vagabond ! Ces plaisirs, concédés au pauvre habitant des campagnes, sont bien plus désirables que tous les autres, nourris de fausses promesses, souvent gâtés par les soucis de la vie citadine ou les éclats d'une famille tapageuse. Pour apaiser sa faim, il lui suffit de faire tomber les fruits des arbres que prodiguent les forêts. Les plantes spontanément sorties de terre lui offrent une savoureuse nourriture. Pour étancher sa soif, il boit, dans le creux de sa main, l'eau douce d'une source ou d'un ruisseau[1]. Que les hommes sont malheureux de se tourmenter alors que

1. Ce passage évoquant la vie idéalisée de la campagne, souvenir de l'Âge d'or,

la nature frugale répond à tous leurs besoins ! Nous cherchons la satiété du corps dans la surabondance des mets, sans nous rendre compte qu'ils sont cause de l'altération de nos humeurs bien plus qu'ils n'en préservent l'équilibre. Nous versons des breuvages raffinés dans des coupes d'or ou incrustées de pierres, et nous y buvons souvent des poisons mortels ou, à tout le moins, de quoi exciter notre désir. On en vient ainsi à une assurance excessive, et nos actes ou nos paroles nous conduisent à la misère, ou à une mort ignominieuse. Il arrive fréquemment que ces excès plongent le buveur dans la folie. À l'habitant des campagnes, les satyres, les faunes, les dryades, les naïades, les nymphes font une compagnie toute naturelle : il ignore Vénus et son fils au double visage et, s'il connaît cette déesse, il n'en éprouve que la beauté rude et peu aimable.

Plût à Dieu que je ne l'eusse jamais connue, goûtant une vie rude parmi cette simple compagnie ! Je ne serais pas plongée dans un chagrin inguérissable, mon âme et ma réputation irréprochables seraient indifférentes à ses mondanités, qui sont du vent, et n'en reviendraient pas inquiètes. Les hautes tours, les palais fortifiés, les serviteurs nombreux, les lits moelleux, les tissus resplendissants, les coursiers, les mille choses qui nous dérobent le meilleur de la vie, rien de tout cela ne préoccupe le simple habitant des campagnes ! Il ne vit pas dans la crainte des voleurs : ceux-ci ne cherchent pas de butin dans ces coins obscurs et reculés. Sans demander à de luxueuses demeures un repos incertain, il cherche l'air et la lumière, et sa vie a le ciel pour témoin. Que cette existence est aujourd'hui méconnue ! Tout le monde la fuit comme ennemie alors qu'on devrait la rechercher comme un bien précieux.

---

suit de près le texte de la *Phèdre* de Sénèque (v. 502-520), sollicitée plusieurs fois dans la suite du texte.

Voilà, je pense, comment vivaient les gens au premier âge, quand les dieux se mêlaient aux hommes. Nulle vie n'est plus libre, ni plus absente de vices, ni meilleure que celle-là : les premiers hommes la connurent, comme, de nos jours encore, ceux qui délaissent les villes et séjournent dans les forêts. Heureux serait le monde si Jupiter n'avait chassé Saturne, et que de vertueuses lois maintenaient encore l'Âge d'or ! Nous vivrions comme ces premiers hommes. Ce mode de vie primitif empêche l'esprit de succomber à l'aveugle et folle passion à laquelle j'ai succombé. L'homme qui a choisi d'habiter à la cime des montagnes n'est le sujet d'aucun royaume : il n'est soumis ni au vent de la popularité, ni à l'inconstance de la foule, ni à la peste de la jalousie, ni à la faveur fragile de la Fortune, qui me laisse, après que je lui ai accordé une trop grande confiance, assoiffée au bord de l'eau. On prête une grande sérénité aux petites choses, bien qu'il soit surprenant qu'on ne puisse vivre sans les grandes. L'homme qui s'attache ou veut s'attacher aux grandes possessions poursuit les vains honneurs de richesses transitoires. La plupart du temps, les noms pompeux plaisent aux hypocrites. L'habitant des campagnes est libéré de la peur et de l'espoir, il ignore la sombre laideur de l'envie qui ronge et mord de ses dents cruelles ; il ne ressent ni les haines, ni le mal incurable de l'amour, ni les crimes des peuples, ni ceux des villes ; il n'a conscience ni connaissance des scandales, il ne se soucie pas de forger des mensonges pour circonvenir les hommes loyaux. Ceux qui sont hauts placés, au contraire, vivent constamment dans la peur et se méfient du poignard qu'ils portent à leur ceinture !

Quel bonheur de ne résister à personne et, couché sur le sol, goûter en toute sûreté à sa nourriture ! Les grands crimes entrent rarement, presque jamais, dans les maisons humbles. Au premier âge, on n'était pas avide d'or, les gens ne marquaient d'aucune borne sacrée les limites de leurs champs. Nul vaisseau ne fendait hardiment la mer, chacun connaissait son rivage. Les villes ne s'entouraient ni de solides palissades, ni de fossés profonds, ni de hautes murailles garnies de tours. Les chevaliers refusaient de se forger des armes barbares ; il n'existait pas de catapultes lançant des blocs de pierre pour fracasser les portes closes ; s'il se déclarait entre eux une escarmouche, ils combattaient à mains nues ou s'armaient de branches noueuses et de pierres ; on n'avait pas inventé la lance en bois de cornouiller, mince et légère, armée d'une pointe en fer, on ne voyait ni épée suspendue au côté, ni heaumes luisants, surmontés d'un panache. Bonheur suprême : Cupidon n'était pas né, et les chastes cœurs, que n'avait pas encore percés ce dieu volant à travers le monde, pouvaient battre tranquillement.

Ah, si Dieu m'avait fait naître en ce monde-là, où les hommes, contents de peu, vivaient sans crainte et s'abandonnaient à leurs désirs frustes ! Même privée de ces choses qui faisaient leur bonheur, il m'aurait suffi de ne pas connaître les affres de cette passion pour être plus heureuse qu'en notre siècle plein de voluptés, d'agréments et de fêtes. Hélas ! la fureur impie du lucre, la rage effrénée et la passion déréglée enflammant les esprits rompirent l'accord sacré des premiers temps, si facile à respecter et si naturel à ces gens. Vint la soif de domination, ce crime sanguinaire, et le plus faible devint une proie pour le plus fort, la force tint lieu de loi. Après Sémiramis, qui avait fait de l'amour une débauche, vint Sardanapale, qui en fit une volupté, exigeant des mets et des vins d'un raffinement rare. Puis vint Mars le belliqueux, qui inventa un nouvel art de mourir et mille formes de trépas. Alors la terre s'imprégna de sang, et la mer en devint rouge ! Alors les pires crimes entrèrent dans toutes les maisons, y apportant l'exemple des pires forfaits : le frère fut tué par le frère, le père par le fils, le fils par le père ; l'époux tomba sous les coups de son épouse. Souvent des mères impies firent périr leurs propres enfants – et je ne parle pas, tant elle est courante, de la dureté des marâtres envers leurs beaux-fils. Les richesses apportèrent avec elles la cupidité, l'orgueil, l'envie, la luxure, et d'autres vices du même genre. Avec eux entra dans le monde le principal responsable de tous les malheurs, l'artisan des crimes : l'amour dépravé, qui, en assiégeant les cœurs, a provoqué l'incendie et la ruine d'innombrables cités et des luttes sanguinaires, tandis que les trônes renversés écrasent tant de peuples. Ne parlons pas de ses autres détestables effets : mon exemple suffit à montrer sa malfaisance et sa cruauté, cruauté impitoyable qui ne se laisse jamais distraire.

Ces réflexions m'amenaient à considérer la gravité de mes actes devant Dieu, et la peine démesurée qui en résultait : j'en tirais un peu de soulagement, car des crimes bien plus graves commis par d'autres semblaient presque m'innocenter ! Même si je croyais la souffrance des autres plus légère que la mienne, je n'étais plus la seule ni la première à souffrir, et cela me rendait plus patiente. Je ne demandais qu'une chose à Dieu : qu'Il mette fin à mes tourments, ou par la mort ou par le retour de Pamphile. Voilà la piètre consolation que m'a laissée la Fortune pour supporter ce genre de vie, et pis encore. Mais ne croyez pas que consolation veuille dire privation de douleur, comme chez les autres : ces bienfaits se limitent à m'épargner parfois quelques larmes.

Je n'en ai pas fini avec le récit de mes peines. Je ne manquais pratiquement jamais d'assister aux solennités religieuses : j'étais l'une des plus belles jeunes femmes de la ville, et mes concitoyens jugeaient ma présence indispensable à l'éclat de ces fêtes. Quand celles-ci approchaient, mes servantes me pressaient de m'y rendre et, comme par le passé, elles préparaient mes riches habits pour l'occasion, en me disant :

– Madame, parez-vous : il y a telle fête en telle église ; elle n'attend que vous pour être parfaite !

Ah ! je me rappelle m'être retournée contre elles avec la rage d'un sanglier face à la meute et leur avoir lancé ces mots sans aménité :

– Loin de moi, engeance ! Ôtez ces parures de ma vue ! De simples habits suffisent à habiller un corps inconsolé et, si vous tenez à mes faveurs, ne venez plus me parler d'église ni de fêtes !

Celles-ci, me dit-on, étaient fréquentées par des gentilshommes, qui s'y rendaient moins par dévotion que pour m'y admirer. Ne m'y ayant pas vue, ils s'en retournèrent dépités, déclarant que mon absence privait la fête de tout intérêt ! Malgré mes réticences, je me résignais à y participer quelquefois avec mes nobles compagnes, habillée de vêtements simples et ordinaires. Je ne cherche plus à m'asseoir à la vue de tous, comme avant, mais, refusant les honneurs tant désirés, je m'installe aux places communes, parmi les femmes ordinaires. Je laisse passer le temps en écoutant les propos des unes et des autres, et en cachant ma peine du mieux possible. Hélas ! je les ai souvent entendues dire, tout près de moi :

– Quelle chose surprenante que cette dame, ornement de notre ville, soit devenue si humble et si modeste ! Sous quelle inspiration divine ? Où sont ses nobles atours, ses manières hautaines ? Où se sont enfuies ses admirables beautés ?

Si je l'avais pu, j'aurais volontiers répondu : « Toutes ces choses, et d'autres bien plus précieuses, Pamphile en me quittant les a emportées ! »

Entourée de dames qui me pressent de questions, je dois répondre à toutes en dissimulant. L'une d'elles insiste :

– Madame, vous nous étonnez beaucoup, mes compagnes et moi, car nous ignorons la raison qui vous a fait quitter si vite robes et bijoux précieux, et tout ce qui allait avec votre jeunesse. Vous êtes trop jeune pour vous montrer vêtue de la sorte ! Les vêtements que vous refusez aujourd'hui, pourrez-vous les reprendre plus tard ? Tout âge a les siens. Cet habit de vertu, n'aurez-vous pas loisir de le prendre à l'avenir ? Regardez-nous : bien que vos aînées, nous soignons notre mise ; nous portons des étoffes brodées et dignes de nous. C'est ainsi que vous devriez être habillée !

Cette dame et les autres se montrant impatientes de ma réponse, je leur dis sur un ton d'humilité :

– Mesdames, on vient dans ces églises ou pour plaire à Dieu, ou pour plaire aux hommes. Si c'est pour plaire à Dieu, il suffit d'habiller l'âme de vertu : il importe peu de vêtir le corps d'un cilice. Si c'est pour plaire aux hommes – et bien qu'ils se trompent en jugeant le dedans sur le dehors –, j'admets que mes parures d'autrefois, comme les vôtres, convenaient mieux. Mais je ne m'en soucie plus. Au contraire, je regrette mes vanités passées et, désireuse de faire amende honorable devant Dieu, je m'évertue à paraître laide à vos yeux.

Et cette vérité s'extériorise par des larmes qui baignent mon triste visage. Je me parle à moi-même :

– Mon Dieu, Toi qui scrutes nos cœurs, n'impute pas à péché les mensonges que je viens de proférer. Tu le vois, ce n'est pas le désir de tromper qui me pousse, mais le besoin de cacher mon tourment. Accorde-moi plutôt le mérite de ne pas offrir à autrui un mauvais exemple. Mentir m'est pénible et insupportable, mais je ne peux faire autrement.

Que de fois cette duperie ne m'a-t-elle pas valu d'éloges charitables ! La vaniteuse que j'étais, disaient des dames autour de moi, était devenue dévote ! L'opinion que beaucoup se faisait de moi me revenait aux oreilles : j'étais si aimée de Dieu qu'Il ne me refuserait aucune grâce. Des personnes très religieuses me prenaient pour une sainte et, comme telle, me rendaient visite, ignorant ce que cachait la tristesse de mon aspect, et combien mes paroles étaient éloignées de mes vrais désirs ! Monde trompeur, où les masques ont plus de pouvoir que les âmes loyales, à défaut d'actions ! Moi, plus fautive qu'une autre, pleurant sur des amours coupables, je passe pour une sainte parce que je les voile sous l'innocence des propos ! Dieu sait pourtant que, si je le pouvais, je détromperais ces personnes crédules et j'avouerais la véritable raison de ma tristesse ! Hélas, c'est impossible !

Je n'ai pas plus tôt répondu à la première question qu'en voyant sécher mes pleurs on m'en pose une autre :

– Fiammetta, où se sont enfuies la grâce charmante de votre visage et ses vives couleurs ? D'où vient cette pâleur ? Vos yeux, deux étoiles du matin, ont des cernes violets : on ne les devine même plus. Pourquoi ce chignon laid à la place de vos blonds cheveux si artistement coiffés ? C'est surprenant. Expliquez-nous !

Pour me débarrasser de leurs questions, je réponds brièvement :

– La beauté, sur terre, est comme une fleur caduque qui se fane chaque jour un peu plus. À trop s'y attacher, la femme, à la longue, s'expose à de cruelles déconvenues. Celui qui m'a donné ma beauté a des raisons secrètes pour me la reprendre : il me l'a ôtée et me la rendra quand il lui plaira.

Ne pouvant retenir mes larmes, je les cache sous mon voile et j'exhale une plainte intérieure :

– Ô beauté, possession précaire des humains, présent de courte durée, à peine venue tu t'effaces, plus vite que les prés riant du bel éclat des fleurs dans le doux printemps, ou que les feuillages dont le Bélier couronne les grands arbres – et la brûlante chaleur de l'été les dépouille ! Si la canicule les épargne, c'est l'automne qui les emporte tous ! Et toi, beauté, tu meurs, comme eux, de diverses atteintes, le plus souvent dans la fleur des ans. Si la jeunesse te conserve, l'âge mûr a raison de toi. Ô beauté, tu es un bien fugace, pareille aux ruisseaux qui ne remontent plus jamais à leur source ! Il faut être fou pour s'attacher à ta fragile possession. Hélas, comme je t'ai aimée ! Comme je t'ai donné du prix ! Comme j'ai eu de sollicitude pour toi ! À présent, je te maudis comme tu le mérites, car tu fus à l'origine de mes malheurs. Tu as su ravir l'âme de mon cher aimé, mais tu n'as pas eu la force de le retenir, ni de me le ramener. Sans toi, je n'aurais pas charmé le regard de Pamphile et, si je ne lui avais pas plu, il n'aurait pas voulu me plaire : et s'il ne m'avait pas plu, je ne souffrirais pas aujourd'hui ! C'est donc à toi seule que je dois tous mes maux ! Heureuses celles qui, sans toi, subissent les outrages de la laideur ! Elles vivent chastes et ne subissent pas la tyrannie d'Amour puisqu'elles ne sentent pas l'aiguillon du désir. Ô beauté, à cause de toi on nous regarde et on nous sollicite au point de nous faire rompre les engagements les plus précieux ! Spurinna est digne d'une gloire éternelle pour t'avoir refusée en se défigurant dans la fleur de l'âge : il connaissait tes effets et préféra être aimé par les sages pour ses vertus que par les jeunes femmes qu'attiraient sa troublante beauté[1] ! Que ne l'ai-je imité ! Mes souffrances, mes tourments et mes larmes seraient loin, et ma vie, frivole, aurait retrouvé sa dignité !

Les dames s'empressent autour de moi, me reprochant de pleurer :

– Quelle est cette attitude ? Désespérez-vous de Dieu miséricordieux ? Ne le croyez-vous pas assez compatissant pour pardonner vos petites offenses sans qu'il soit besoin

1. Spurinna est un jeune Étrusque qui se défigura pour rester chaste.

de tant de larmes ? En agissant ainsi, vous appelez la mort, non le pardon. Levez-vous, essuyez vos larmes, assistez au saint sacrifice de la messe !

À ces mots, retenant mes pleurs, je relève la tête, mais sans la tourner, comme d'habitude, pour voir si Pamphile est là, ou si l'on me regarde, et la manière dont on me regarde. M'adressant à Celui qui donna Sa vie pour notre salut, je Le supplie de faire revenir Pamphile, comme pour Le tenter :

– Ô très haut roi du Ciel, arbitre du monde, mets un terme à mes épreuves et à mes tourments ! Vois, je n'ai pas un jour de répit : un malheur finit, un autre commence. Je me disais heureuse dans l'ignorance de ma misère, je T'offensais sans le vouloir en me souciant d'orner une beauté dont la nature m'avait largement parée : Tu m'as puni avec cet amour qui me point et dont je ne puis me défaire. Tu as rempli d'angoisses nouvelles mon esprit qui ne savait rien de ces tourments, puis Tu m'as séparée de l'homme que j'aime plus que moi-même. Depuis, ma vie est exposée chaque jour à de nouveaux dangers. S'il arrive que les malheureux se fassent entendre auprès de Toi, écoute ma prière, ne regarde pas mes offenses envers Toi, mais les quelques bonnes actions que j'ai pu faire et, au nom de celles-ci, exauce ma demande ! Pour Toi, ce n'est rien, pour moi, c'est énorme : rends-moi mon Pamphile, je ne veux rien d'autre ! Hélas ! Quelle injustice dans cette prière, Toi qui es si équitable ! Mais Ta justice ne peut vouloir le moindre mal. Tu vois tout, et Tu sais que je ne puis chasser de mon esprit mon bel amant, ni ce qui s'est passé entre nous. Pour échapper à ce douloureux souvenir, j'ai appelé la mort, mais le peu d'espoir que j'ai gardé en Toi m'en a détournée. Si, comme je l'ai cru, garder un amant est un mal moindre que de tuer son âme et son corps, alors qu'il me revienne et qu'il me soit rendu ! Tu préfères un pécheur vivant qui puisse

Te connaître à un pécheur mort sans espoir de rachat, et Tu tiens à sauver une partie de Ta créature plutôt que de la perdre entièrement. Si c'est trop Te demander, alors accorde-moi de mourir, pour que j'en finisse avec mes malheurs, avant que le désespoir ne me pousse à choisir moi-même cette issue ! Si ma supplication ne peut T'atteindre ni Te toucher, j'espère, parmi les autres habitants du ciel, en trouver qui aient éprouvé le feu d'un amour terrestre : ils porteront ma prière à cet homme qui ne veut pas l'entendre, et obtiendront ma grâce auprès de lui. Alors je pourrai retrouver le bonheur ici-bas et vivre heureuse, plus tard, parmi Vous, preuve du nécessaire pardon mutuel des pécheurs et du secours qu'il faut leur apporter !

Quand j'en ai fini, je dépose mes offrandes sur l'autel et j'y fais brûler des encens pour disposer les dieux à exaucer mes prières et à sauver Pamphile. Cette cérémonie terminée, accompagnée de mes suivantes, je regagne ma triste maison.

CHAPITRE 6

Fiammetta apprend que Pamphile n'est pas marié, mais épris d'une autre. Au comble du désespoir, elle veut se tuer.

Vous venez de l'entendre, compatissantes dames, ma vie se passait dans ces combats que lui livrait l'amour, et dans de plus dures batailles encore. Mais, comparée à ce qu'elle allait devenir, on pourrait, à tout prendre, la trouver agréable. J'ai peur d'évoquer l'état où je suis réduite à présent, et j'ai retardé le moment où il me faudrait le décrire. J'ai honte de la folie qui s'est emparée de moi et, pour en parler peu à peu, je me suis attardée sur les événements les moins pénibles. Mon récit m'amène logiquement à ne plus reculer et, malgré ma crainte, à tout raconter. Mais toi, sainte pitié qui habite le cœur tendre des jeunes femmes sensibles, garde-toi de trop d'effusion : l'effet pourrait être contraire à ce que j'en attends, et mes lectrices verseraient des larmes à ma place !

Depuis que Pamphile m'avait quitté, le soleil était revenu dans le Scorpion, là où le char de l'arrogant Phaéton embrasa le ciel[1]. Le temps avait rendu ma douleur supportable. Elle s'était atténuée, et je croyais impossible

1. S'étant mis dans l'idée de guider le char de son père, le Soleil, Phaéton en lâcha les rênes à la vue du Scorpion.

de souffrir davantage. Mais la Fortune, trouvant ma peine trop légère, voulut me prouver qu'elle me réservait des poisons plus violents. Un de nos serviteurs, fort estimé, revint du pays de Pamphile. Tous lui firent un chaleureux accueil, surtout moi. Tandis qu'il racontait ses aventures, ses bonnes et mauvaises rencontres, le hasard le fit se souvenir de Pamphile. Il lui savait gré de l'avoir fort bien reçu. J'avais plaisir à entendre ses paroles, et je me retins à grand-peine de l'embrasser et de le questionner sur mon amant avec toute la passion que je ressentais. Je parvins à me contenir, mais, alors qu'on l'interrogeait sur la situation de Pamphile et qu'il répondait en détail, j'osai lui demander, sur un ton joyeux, ce qu'il faisait et s'il comptait revenir parmi nous. L'homme me fit cette réponse :

– Madame, pourquoi reviendrait-il ici ? J'ai cru comprendre qu'il était aimé par la plus belle de toutes les femmes de sa ville, où les beautés ne manquent pas. Je crois qu'il l'aime aussi, sinon je le tiendrais pour fou après l'avoir tenu pour sage !

À ces mots, mon cœur chavira, comme celui d'Œnone, quand, du haut des collines de Troie, elle aperçut son époux ramenant une Grecque sur son navire[1]. J'eus quelque peine à ne pas me trahir et je répliquai avec un sourire feint :

– Rien de plus juste ! Notre ville ne l'a guère servi sur ce point : il n'y a pas trouvé d'amante à sa hauteur ! S'il en a rencontré une là-bas, il fait preuve de sagesse en ne la quittant pas. Mais, dis-moi, comment vit-il auprès de sa jeune épouse ?

– Mais il n'est pas marié, répondit-il. L'épouse qui est entrée récemment dans sa famille n'était pas destinée à lui mais à son père !

Tandis que je l'écoutais parler, je passais par les pires

1. Pâris, l'époux d'Œnone, qui ramenait la belle Hélène !

angoisses. Pris entre la rage et la douleur, mon pauvre cœur commença à s'agiter, comme l'hirondelle qui bat des ailes pour voler plus vite. Mes esprits alarmés se mirent à trembler, comme le friselis de la mer à la brise, ou la tige flexible des roseaux ployant doucement au vent. Je sentis mes forces m'abandonner. Et, le plus discrètement possible, je regagnai ma chambre.

Dès que je fus loin des regards, je me mis à verser des larmes amères, jaillissant comme une source dans un vallon humide. C'est à peine si je me retins de pousser des cris. Je me jetai sur le lit, témoin de nos amours, avec ces mots sur les lèvres : « Pamphile, pourquoi m'as-tu trahie ? ». En fait, je m'y laissai tomber sans pouvoir articuler un mot : ma langue et mon corps défaillirent. Je gisais sans vie, assistée par mes servantes qui me crurent réellement morte. Aucun des soins que m'administra le médecin ne put faire revenir en moi la vie en allée.

La violence de mes pleurs avait failli m'arracher l'âme, mais celle-ci reprit possession de mon pauvre corps qui, retrouvant des forces, me fit rouvrir les yeux à la lumière du jour. En relevant la tête, je vis des femmes en pleurs penchées au-dessus de moi, et qui m'avaient inondée de parfums. Je remarquai d'autres médicaments prêts à servir. Je ne fus pas peu étonnée en voyant ces femmes et leurs larmes. Dès que je retrouvai l'usage de la parole, je m'informai sur la raison de ces médications.

– C'était pour vous faire reprendre connaissance, me dit l'une d'elles.

Je poussai un long soupir, puis je dis d'une voix faible :

– Hélas ! je n'attendais pas de votre pitié un si cruel service ! Celui que vous me rendez est bien mauvais ! Vous avez retenu mon âme qui était prête à quitter mon pauvre corps ! Ce que vous m'avez refusé, je l'ai désiré plus qu'aucune chose au monde ! Enfin libérée de mes tourments, j'allais atteindre mon but quand vous m'en avez empêchée !

Les femmes s'empressèrent de me réconforter. Vainement. Je feignis d'aller mieux, et donnai une curieuse explication à l'incident ; il me pressait de les voir partir pour pouvoir me plaindre à mon aise. Les unes s'en allèrent, et je congédiai les autres en affichant une mine souriante. Je demeurai seule avec ma vieille nourrice et la servante confidente de mes malheurs. Toutes deux apportaient leurs remèdes à ma vraie maladie qui, si elle ne s'avérait pas mortelle, pourrait guérir. Mais j'avais l'esprit occupé par ce que je venais d'apprendre. Je devins l'ennemie d'une femme que je ne connaissais pas, de graves pensées m'envahirent et, la rage aux lèvres, j'exhalai la douleur que ne pouvait plus contenir mon pauvre cœur :

– Ô toi, le pire des hommes, cruel Pamphile, cœur insensible, toi qui m'as oubliée pour une autre, je maudis le jour où je t'ai vu ! Je maudis l'heure et l'instant où tu m'as plu ! Je maudis l'apparition de la déesse qui me détourna de la ferme intention de ne pas t'aimer ! Non, ce n'était pas Vénus, mais une des Furies, qui prit sa forme et me rendit aussi folle qu'Athamas[1] ! Cruel Pamphile, parmi tant de jeunes gens nobles, beaux et valeureux, je t'ai choisi – quelle erreur ! – comme le meilleur : mais où sont les prières que tu m'adressais pour ton salut en affirmant, les larmes aux yeux, que ta vie ou ta mort dépendait de moi ? Où sont ces pleurs que tu commandais à ton gré ? Où est ton amour à présent ? Et les mots doux ? Et les peines que tu te disais prêt à endurer pour moi ? Les as-tu complètement oubliés, ou t'en es-tu resservi pour prendre au piège cette autre femme ? Je maudis ma pitié

1. Aveuglé par Junon, il prit sa femme et ses deux enfants pour une lionne et ses lionceaux. Il tua l'un de ses fils, tandis que son épouse se jetait dans la mer avec l'autre.

qui te conserva la vie, cette vie qui rend heureuse une autre et me fait mourir malheureuse ! Tes yeux pleuraient quand j'étais là et ils rient en présence d'une autre ! Ton cœur a changé et lui adresse mots doux et promesses ! Où sont les dieux que tu prenais à témoin ? Et tes serments ? Et tes fausses larmes, que j'ai bues, malheureuse ! les croyant pleines de tendresse sincère et non de tromperie ? Tout cela, tu l'as reporté sur une autre, et tu as tout pris en partant ! Qu'il m'a été dur d'apprendre la nouvelle de ton mariage ! Que tes engagements envers moi aient été oubliés pour une épouse, la raison m'en a paru acceptable, même si cela me coûtait, mais que ces mêmes engagements, hors mariage, te lient à présent à une autre m'est insupportable. Je comprends pourquoi tu prolongeais ton séjour, et combien j'étais naïve de croire que ton retour dépendait de ta volonté. Avais-tu besoin de ces ruses pour me circonvenir ? À quoi bon ces serments de fidélité si c'était pour les trahir ? Pourquoi n'être pas parti sans congé, sans promesses de retour ? Je t'aimais passionnément, tu le sais, mais tu n'étais pas mon prisonnier : tu étais libre de me quitter sans pour cela recourir aux larmes. La brusque nouvelle de ta trahison m'aurait mise au désespoir, mais la mort ou l'oubli aurait été la fin de mes peines : au lieu de cela, tu les as entretenues par de faux espoirs, ce que je ne méritais pas ! Que tes larmes me furent douces, alors, et comme les effets qu'elles eurent sur moi me les font trouver amères, aujourd'hui ! Si Amour avait sur toi la puissance qu'il a sur moi, tu aurais pu y succomber une fois, mais pas deux ! Que dis-je ? Tu ne m'as jamais aimée : tu t'es amusé à tromper de jeunes femmes. Si tu m'avais aimée comme je le croyais, tu m'appartiendrais encore. Qui peut t'aimer plus que moi ? Ô inconnue qui me l'as pris, tu es mon ennemie, mais j'ai pitié de toi, tant je souffre. Méfie-toi des ruses de l'homme qui a trompé une première fois ; il a perdu toute morale et, la conscience tranquille, il trompera encore. Cruel Pamphile ! Pour ton salut, j'ai prié les dieux et leur ai fait des offrandes, et toi tu me quittais pour une autre !

Vous avez exaucé mes vœux, ô dieux, au profit d'une autre : j'ai récolté la peine, et elle, le plaisir. Mon corps n'était-il pas désirable à tes yeux ? Ma noblesse était-elle inférieure à la tienne ? Bien au contraire. T'ai-je refusé mes richesses ? Ai-je profité des tiennes ? Jamais. Ai-je aimé un autre homme que toi ? L'ai-je laissé supposer ? Non, tu dois l'admettre, à moins que ton nouvel amour te fasse oublier la vérité. Alors quelle faute ai-je commise, quel juste prétexte t'ai-je fourni, quelle beauté supérieure à la mienne, quelle passion plus forte que la mienne t'ont fait me quitter pour une autre ? Aucun. Je jure sur les dieux de n'avoir jamais rien fait que de t'aimer au-delà du raisonnable. Cela mérite-t-il une trahison ? Penses-y. Dieux qui punissez nos fautes, je n'implore qu'une juste vengeance ! Je ne veux pas la mort de cet homme, lui qui veut la mienne après m'avoir échappé, et je ne lui souhaite pas d'autre malheur que celui-ci : s'il aime cette femme comme je l'aime lui, qu'elle le quitte comme il m'a quittée et qu'elle le laisse dans le même état que moi !

Sur mon lit, alors, je m'abandonnai à des gestes désordonnés, me tournant en tous sens. Toute la journée fut remplie de ces pensées. Vint la nuit, plus propice à la douleur en raison des ténèbres qui s'accordent mieux au malheur que la lumière du jour. Il se trouva que je partageai le lit de mon époux. Je demeurai sans parler, mais tenue en éveil par de tristes réflexions. Je parcourais librement le passé, les moments heureux et malheureux, surtout depuis que l'amour d'une autre m'avait enlevé Pamphile, et je sentais le chagrin monter en moi sans pouvoir le contenir. Puis j'éclatai en sanglots sans rien laisser échapper de leur cause. Mon mari, profondément endormi, fut réveillé par le bruit. Il se tourna vers moi, vit les larmes qui inondaient mon visage, me prit dans ses bras et me dit d'une voix douce, pleine de pitié :

– Chère âme, pourquoi ces pleurs dans cette nuit si calme ? D'où vient depuis quelque temps cette humeur noire et chagrine ? Ne me cache rien de ce qui te contrarie. Est-il un désir que je ne puisse satisfaire si tu me le demandes ? N'es-tu pas mon seul bien, mon seul réconfort ? Ne t'aimé-je pas plus que tout au monde ? Je t'en ai donné bien des preuves. Alors, pourquoi pleures-tu ? De quoi t'affliges-tu ? Ne suis-je pas noble et méritant à tes yeux ? Ai-je commis une faute que je puisse réparer ? Dis-le moi, parle-moi, exprime ton désir : si je peux te contenter, je le ferai. Dans ta manière d'être et d'agir, je vois bien que l'inquiétude est réapparue sur ton visage, et j'en éprouve de la peine : je ne t'ai jamais vue souffrir comme aujourd'hui. J'attribuais ta pâleur à quelque mal physique, mais je constate que c'est une souffrance morale qui t'a réduite à cet état : je te supplie de m'en découvrir la raison !

Avec une présence d'esprit toute féminine, je décidai de mentir, subterfuge dont je ne m'étais jamais servi auparavant :

– Cher mari, je t'aime plus que tout au monde, et il ne me manque rien que tu ne pourrais me donner. Certes, tu es meilleur que moi ; l'unique raison de ma tristesse, c'est la mort de mon frère, dont tu es informé. À chaque fois, ce souvenir fait naître mes larmes ; ce n'est pourtant pas sa mort que je pleure – c'est notre destinée commune – mais qu'elle ait été si triste et si sordide : ma douleur s'accroît de voir le mauvais état où il a laissé ses affaires. Je ne puis fermer l'œil de la nuit qu'il ne se présente à moi, pâle, émacié, sanglant, me montrant ses cruelles blessures. Quand tu m'as entendue pleurer, je venais de le voir en songe, horrible spectacle ! Las, effrayé, haletant, presque incapable de proférer un mot, il m'adressa péniblement la parole : « Ma chère sœur, lave cet affront qui m'oblige, dans le monde des âmes, à marcher tête baissée en poussant des plaintes. » Sa présence m'apporta un peu de réconfort, mais ses paroles et son aspect me remplirent de pitié, et je m'arrachai soudain au sommeil pour verser ces larmes qu'il me tirait et que tu veux calmer. Si je l'avais pu, j'aurais pris les armes pour le venger, et il marcherait tête haute parmi les âmes. Mais je suis impuissante, et j'ai toutes les raisons d'être triste.

Il m'adressa des mots affectueux pour apaiser une blessure déjà fermée depuis longtemps et, pour calmer mes pleurs, trouva des arguments en parfait accord avec mes mensonges ! Quand il me crut consolée, il se rendormit. Sa tendresse envers moi me plongea dans un chagrin plus vif, et je me remis à pleurer en silence, rattrapée par ma peine :

– Antres épouvantables peuplés de fauves, et toi, Enfer, prison d'éternité pour la foule des coupables, s'il est un abîme caché dans la terre, enfermez-moi et envoyez-moi le supplice que je mérite ! Ô Jupiter, toi qu'un juste courroux anime envers moi, tonne, lance tes foudres sans tarder ! Et toi, Junon, dont j'ai trahi les lois sacrées, venge-toi de mon crime ! Que mon corps se déchire sur les rochers ! Que les oiseaux fondent sur lui, que les fauves le dévorent ! Cruels coursiers qui avez écrasé l'innocent Hippolyte, déchiquetez la coupable que je suis ! Charitable époux, qu'une juste colère plonge ton épée dans mon sein pour en chasser avec le sang mon âme coupable de t'avoir trahi ! Je n'ai droit à aucune pitié, à aucun pardon puisque j'ai préféré l'amour d'un étranger aux liens sacrés du mariage ! Moi, exécrable entre toutes, j'ai mérité ces supplices, et d'autres pires ! Quelle folie a troublé la pureté de mon regard le jour où Pamphile m'a plu ? Où ai-je mis le respect que doit une épouse ? Qu'ai-je fait de la pudeur, suprême honneur de la femme, en délaissant mon mari pour un autre homme ? Quelle tendresse mon amant me témoigne-t-il aujourd'hui ? Dans mon malheur, quelle consolation m'apporte-t-il ? Il se donne du bon temps dans les bras d'une autre, sans plus se soucier de moi ! Je suis punie comme toutes celles qui mettent leurs passions illicites avant l'amour légitime ! Mon époux, qui aurait quelque raison de me faire du mal, cherche à me réconforter, tandis que l'homme qui devrait me réconforter n'hésite pas à me faire du mal !

Ce mari n'était-il pas aussi beau que Pamphile ? Certainement. Ses qualités, sa noblesse et tout le reste n'étaient-ils pas supérieurs à ceux de Pamphile ? Sans nul doute. Alors, pourquoi l'avoir abandonné ? Aveuglement, arrogance, vice, crime ? Je ne le sais pas. On ne dévalue que les biens dont on jouit librement, même les plus précieux ; on n'estime que ceux dont on jouit au prix de difficultés, même s'ils n'ont aucune valeur. Mon bien, c'était mon mari : j'en disposais, et cela m'a trompée. Je pleure aujourd'hui ce que je n'ai pas fait hier, alors que j'avais peut-être la force de résister. Cette force, je l'aurais eue, avec de la volonté : je n'avais qu'à réfléchir aux signes envoyés par les dieux pendant mon sommeil, la veille et le matin même du jour où j'allai à ma perte !

Maintenant que mon amour est plus fort que ma volonté, je comprends, mais trop tard, ce que signifiaient le serpent, sa morsure à mon sein gauche, sa fuite après qu'il se fut gorgé de mon sang, et la couronne tombée de ma tête ! Les dieux, pour soulager leur colère contre moi, ont regretté de m'avoir donné ces avertissements, mais ne pouvant pas revenir en arrière ils m'en ont ôté la compréhension : tout comme Apollon qui, par amour, accorda à Cassandre de prédire l'avenir, mais sans qu'on l'a crût. Voilà comment s'explique la misérable vie que je mène.

Sans cesser de me plaindre et de me retourner dans mon lit, je passai presque toute la nuit éveillée. Quand le sommeil se présentait, il était si léger que le moindre mouvement suffisait à le rompre : même dans ces brefs instants, il était rempli de rêves agités. Cette situation se répéta plusieurs fois les nuits suivantes, puis devint habituelle. Depuis lors, à l'état de veille comme dans mon sommeil, mon esprit connaît pareille fièvre. Mes plaintes ne cessaient pas pour autant avec la nuit : au contraire, comme si les mensonges servis à mon mari m'autorisaient à continuer, je ne craignais plus de pleurer, ni de me lamenter devant les autres.

Le lendemain matin, dès que mon mari quitta la chambre, ma fidèle nourrice vint m'y retrouver. Elle n'ignorait rien de mes malheurs : c'est elle qui, la première, avait lu sur mon visage la passion amoureuse et en avait deviné les suites. Elle m'avait observée au moment où l'on m'annonçait que Pamphile aimait cette autre femme : elle en avait conçu quelque crainte et tenait à veiller sur moi.

L'agitation de la nuit m'avait brisée, elle voulut apaiser les assauts du mal par des mots, me prit dans ses bras et me parla, tout en essuyant mes larmes d'une main tremblante :

– Je suis bien triste de te voir souffrir, et je le serais bien davantage si je ne t'avais prévenue. Mais tu as laissé parler tes désirs, non ta sagesse, dédaignant mes conseils pour ne suivre que ton plaisir. Je vois sur ton visage éploré où t'ont menée tes erreurs. Mais, tant qu'on est vivant, on peut toujours quitter le mauvais chemin pour le bon, à condition de le vouloir. J'aimerais que tu arraches ton esprit à ces ténèbres où l'a plongé la tyrannie de l'amour et que tu lui rendes la lumière. Les brefs plaisirs et les longues peines qu'il t'a donnés suffisent à te révéler la vraie nature de l'amour. Tu es jeune, tu as aimé avec passion, non avec raison, et tu as obtenu ce plaisir qu'on peut attendre de l'amour. Ce plaisir, tu as compris qu'il était bref et qu'il n'en était pas de plus grand à attendre : si

Pamphile revenait dans tes bras, il ne te ferait goûter rien de plus que ce que tu as déjà goûté. On désire très fort ce qui est nouveau et, bien souvent, on en espère un bonheur secret qui ne s'y trouve pas : on n'en est que plus tourmenté par ce désir. On désire avec plus de modération ce qu'on connaît : toi, tu fais le contraire, car tu t'es habituée aux désordres de la passion et tu as décidé de mal finir. Quand ils parviennent en un lieu plein d'obstacles et de dangers, les gens prudents s'en écartent, préférant renoncer aux efforts dépensés pour arriver jusque-là et revenir sains et saufs plutôt que risquer leur vie en allant plus loin. Pendant qu'il en est temps, suis donc leur exemple : fais preuve de modération et mets la raison avant le désir. Écarte-toi prudemment des dangers et des écueils où tu t'es laissée follement entraîner. Si tu juges sainement les choses, tu vois que la Fortune, bienveillante envers toi, ne t'a pas coupé la voie de la retraite et n'y a pas effacé les empreintes de tes pas : tu peux suivre ces traces pour revenir au point de départ et redevenir la Fiammetta que tu étais alors. Ta réputation est intacte et les gens n'ont aucun motif de mal te juger ; beaucoup de jeunes femmes, perdues de réputation, ont touché le fond. N'avance plus dans cette voie, tu consommerais ton infortune ! Console-toi, fais comme si tu n'avais jamais vu Pamphile, ou bien prête ses traits à ton mari ! L'imagination est bonne à tout, et on entretient facilement les illusions qui nous servent. C'est le seul moyen pour toi de retrouver la joie : quel plus cher désir pourrais-tu avoir si tout en toi trahit la souffrance ?

J'eus plusieurs occasions d'écouter de tels discours, la mort dans l'âme, sans rien trouver à répondre. Quoique fort troublée, je reconnaissais leur vérité, mais je n'étais pas encore assez malléable pour en tirer profit. En proie à la plus vive agitation, il m'arriva même, une fois, emportée par la colère et oublieuse de la présence de ma nourrice, d'éclater en sanglots et de m'exclamer d'une voix forte, sans aucune retenue :

– Ô vous, Furies infernales, Tisiphone, Mégère, Alecto, qui tourmentez les âmes en peine, hérissez vos horribles chevelures, excitez la colère de vos serpents, rendez-les encore plus épouvantables, faites irruption dans la chambre de cette traîtresse et, devant ses étreintes avec l'amant qu'elle m'a volé, allumez vos torches funèbres et promenez-les autour de leur lit de volupté : qu'elles soient un mauvais présage pour ces misérables ! Ô vous qui peuplez les sombres demeures de Pluton, divinités des royaumes éternels du Styx, soyez là pour terrifier ces deux parjures de vos sinistres imprécations ! Hibou, oiseau de malheur, chante sur leur toit ! Venez, Harpyes, messagères de catastrophe ! Ombres infernales, éternel Chaos, ténèbres ennemies de la lumière, glissez-vous dans la maison de ces adultères, que leurs yeux criminels ne voient plus le jour ! Ô vous, vengeurs des crimes humains, que votre haine pénètre leurs cœurs inconstants et suscite entre eux une guerre sans merci[1] !

Je m'interrompis, poussant un profond soupir avant de reprendre :

– Cruelle, qui que tu sois, toi que je ne connais pas, tu jouis d'un amant que j'ai longuement attendu, et moi je languis, séparée de lui. Tu cueilles le fruit de mes peines tandis que, moi, je n'ai tiré aucun profit de mes prières ! J'ai dit des oraisons, j'ai brûlé des encens pour le bonheur de l'homme que tu allais me voler sournoisement, et c'est toi qu'on a exaucée ! J'ignore comment tu t'y es prise pour m'effacer de son cœur et m'y remplacer, mais le fait est là. Puisses-tu en récolter le plaisir que tu m'as laissé ! Un

1. Toutes ces divinités sont liées au monde souterrain (le royaume de Pluton). Les Furies viennent exécuter les vengeances dont les dieux poursuivent les humains criminels.

homme ne tombe pas si facilement amoureux pour la troisième fois : que les dieux désunissent votre amour, comme ils ont séparés Pâris et Hélène, le jeune Léandre et la malheureuse Héro, Céphale et Procris[1], et que leur dur verdict te frappe, mais l'épargne, lui ! Misérable, tu pouvais te douter, en voyant son visage, qu'il était déjà aimé d'une autre. Qu'est-ce qui t'a poussée à prendre ce qui m'appartenait ? À coup sûr, l'hostilité. Je défendrai toujours mon bien et, tant que je vivrai, je serai ton ennemie, nourrissant l'espoir de ta mort ! Et ce n'est pas une mort courante que je te souhaite, non ! Je veux te voir lancée comme la pierre ou le plomb d'une fronde, et que ton corps déchiré ne soit destiné ni au bûcher, ni à la sépulture, mais déchiqueté et mis en pièces par une meute de chiens affamés, et qu'après avoir dévoré tes chairs ils se disputent férocement tes os pour les ronger, comme des voleurs : ils seront la preuve que, toi aussi, dans ta vie, tu avais pris plaisir à voler les autres[2] ! Il ne se passera pas un jour, une nuit, une heure où ma bouche ne te maudira : la Grande Ourse plongera dans l'Océan, les ondes voraces de Charybde se calmeront, les chiens de Scylla cesseront de hurler, les blés mûriront sur la mer Ionienne, des ténèbres naîtra la lumière, et le feu s'unira à l'eau, la mort à la vie, la mer aux vents, avant que je cesse de te maudire ! Tant que le Gange roulera ses eaux chaudes et le Danube ses eaux glacées, que les montagnes seront couvertes de chênes et les champs de tendres pâturages, je ne cesserai de lutter contre toi ! Même ta mort n'éteindra pas ma colère ; je te poursuivrai parmi les âmes des défunts, je te livrerai aux tourments de l'au-delà. Si tu me survis, quelle que soit ma mort, où que s'en aille mon esprit, j'essaierai de le libérer

1. Amours contrariées ! Léandre se noya en voulant rejoindre Héro à la nage ; Céphale tua par mégarde son épouse Procris au cours d'une chasse.

2. Cette punition exemplaire rappelle les supplices infligés aux damnés conformément à la nature de leur faute (castration pour les luxurieux, etc.)

et il t'habitera pour te rendre aussi enragée que les vierges possédées par Apollon ! Je t'apparaîtrai le jour, horrible à voir, et je t'arracherai au sommeil par d'épouvantables cauchemars. Au moindre de tes actes, je serai là, sous tes yeux, et je me plaindrai de l'injure que tu m'as faite, sans jamais te laisser en paix. Tant que tu vivras, je te tourmenterai et, une fois morte, je ferai pire encore ! Pauvre de moi ! À quoi me sert de parler ainsi ? Je te menace, et c'est toi qui me fais du mal ; en gardant mon amant près de toi, tu le protèges de mes intentions comme le fait la puissance des rois envers les plus faibles. Que n'ai-je les ailes de Dédale ou le char volant de Médée ! Je fixerais des ailes dans mon dos et, par la voie des airs, j'arriverais en un éclair là où tu caches tes larcins d'amour ! Que de mots n'aurai-je pas pour ce traître et pour toi, voleuse, et avec quel air courroucé et menaçant ! Que d'insultes ne trouverai-je pas pour flétrir vos crimes ! Après vous avoir couverts de honte, je me vengerai sans délai et sans limites. J'attraperai tes cheveux et les arracherai, en te tirant en tous sens, soulageant ma colère sous les propres yeux de mon perfide amant ! Tes vêtements, je les lacérerai ! Et ce ne sera pas encore assez : je labourerai de mes ongles acérés ce visage qui a plu aux yeux d'un traître pour y laisser les marques ineffaçables de ma vengeance ! Je déchirerai ce corps à coups de dents et je le laisserai aux soins de cet homme qui te berce d'illusions ! Et j'irai promener ma joie dans les demeures infernales.

Tout en prononçant ces mots, mes yeux lancent des éclairs, je serre les dents, je ferme mes poings, comme si j'étais en train de passer aux actes. Mes désirs de vengeance se soulagent en partie.

La vieille nourrice me répond, au bord des larmes :

– Ma fille, puisque tu connais la tyrannie du dieu qui te tourmente, modère-toi, cesse de pleurer. Si tu n'as pas pitié de toi-même, songe à ton honneur qui, à cause d'une erreur passée, pourrait se couvrir d'une honte toute nouvelle ! Au moins tais-toi, que ton mari ne puisse entendre ces propos navrants et n'aie une nouvelle raison de déplorer ton état !

Au souvenir de mon époux, je m'émeus, mes pleurs redoublent et, réfléchissant à mon infidélité et aux lois que j'ai bafouées, je lui dis :

– Fidèle compagne de mes épreuves, mon mari n'a guère lieu de se plaindre. Le responsable de mes fautes me les a fait chèrement payer : j'ai reçu et reçois ma juste récompense ! Mon mari n'aurait pu m'infliger de peine plus terrible que ne l'a fait mon amant. Il ne pourrait l'aggraver qu'en me donnant la mort, en admettant que celle-ci soit aussi pénible qu'on le dit. Qu'il vienne donc me la donner : je n'en souffrirai pas, au contraire, j'en serai heureuse, car je la désire, et je préfèrerais la recevoir de sa main que de la mienne. S'il ne me la donne pas, ou si elle ne vient pas d'elle-même, je saurai la trouver toute seule, tant j'espère qu'elle mettra fin à mes maux ! L'Enfer, le pire des tourments infligés aux malheureux, n'a nulle part de flammes plus brûlantes que ma peine. D'après les auteurs de l'Antiquité, Tityos est le meilleur exemple de ces supplices infernaux : des vautours lui lacéraient sans cesse le foie, torture insoutenable, mais néanmoins plus légère que la mienne car, si ces rapaces lui lacèrent le foie, l'angoisse me déchire continuellement le cœur bien plus cruellement que des becs d'oiseaux. Tantale, raconte-t-on, meurt de soif et de faim devant de l'eau et des fruits ; et moi, au milieu des plaisirs de ce monde, je suis tourmentée de désir pour mon amant que je ne peux ravoir. J'endure une peine pire que celle de Tantale : en effet, lui ne renonce pas à l'espoir d'atteindre un jour l'eau et les fruits, tandis que, moi, j'aime désespérément un homme qu'une autre retient malgré lui, et je suis exclue de son amour. Même le malheureux Ixion, tournant sur sa roue, souffre moins que moi, emportée par le destin contraire dans un furieux tourbillon. Si les Danaïdes remplissent sans fin des tonneaux percés, moi je verse sans arrêt des larmes puisées dans mon pauvre cœur. À quoi bon passer en revue les peines de l'enfer ? Les miennes sont plus dures que toutes celles que subissent ces gens-là. Et quand bien même je souffrirais moins qu'eux, il me faut taire ma douleur, sa cause en tout cas, tandis qu'eux peuvent la manifester par des hurlements et des gestes proportionnés à leur souffrance. Cela seul prouverait que mon supplice est plus grand que le leur ! Le feu contenu brûle plus fort que l'incendie qui laisse libre cours aux flammes ! Qu'il est dur et pénible de ne pouvoir exhaler sa douleur de vive voix, ou d'en révéler la funeste raison, et d'être contraint de les cacher dans son cœur en faisant bon visage ! La mort, vois-tu, soulagerait ma souffrance. Que mon mari vienne donc se venger et m'arracher en même temps à mes peines ! Qu'il m'ouvre la poitrine de son poignard pour en faire sortir ensemble mon âme dolente, mon amour et ses tourments ! Qu'il prenne mon cœur, réceptacle de trahison, asile de ses propres ennemis, et qu'il mette en pièces ce coupable !

Dès que ma nourrice me vit silencieuse et tout éplorée, elle me dit à voix basse :

– Chère fille, que racontes-tu ? Tes mots sont vides et tes intentions mauvaises. À mon grand âge, j'ai vu bien des choses en ce monde, et j'ai connu les amours de bien des femmes. Bien que je ne sois pas de votre nombre, j'ai goûté pourtant aux poisons amoureux qui, parfois, font courir de graves dangers aux grands de ce monde comme aux petits. La pauvreté de ces derniers leur ferme la voie des plaisirs, la richesse des autres les leur ouvre de tous côtés. Mais je n'ai jamais entendu parler, ni fait l'expérience d'une souffrance et d'obstacles aussi grands que ceux que tu dis rencontrer. Même si cette peine est extrême, il ne faut pas s'y consumer, ni appeler la mort comme tu le fais. C'est ta colère qui parle, non ta raison. La rage, crois-moi, est aveugle : elle ne se cache pas, ne supporte aucun frein, ne craint pas la mort. Au contraire, elle brûle d'aller se jeter sur les pointes des épées ! Mais si on la laissait se refroidir, elle nous apparaîtrait, à tête reposée, pour ce qu'elle est : une folie furieuse. Ne cède pas à l'emportement, ma fille, ni à cette fureur, écoute un peu mes paroles et reprends courage avec mes conseils. Si je t'ai bien comprise, tu te plains amèrement d'un amant qui t'a quittée et trahie, et d'Amour, et de cette nouvelle femme. Tu juges ta souffrance supérieure à toute autre. Si tu es aussi sage que je l'espère, tu trouveras dans mes paroles un remède à tes maux. Ce jeune homme que tu aimes, sans doute t'aime-t-il lui aussi : ce sont les lois de l'amour, et si ce n'est pas le cas, il a tort, mais rien ne peut l'obliger à t'aimer. Chacun use de sa liberté comme il l'entend. Si la force de ton amour te fait souffrir à ce point, ce n'est pas de la faute de ton amant. Tu ne peux rien lui reprocher. Amour, malgré sa puissance et sa force, n'aurait pu, sans ton assentiment, fixer l'image de ce jeune homme dans ton esprit. Seuls ton jugement et tes pensées oiseuses ont donné naissance à cet amour. Si tu avais opposé une vigoureuse résistance, il ne serait rien arrivé de tout cela, et, restée libre, tu aurais pu te moquer de cet homme ou d'un autre, ainsi qu'il se moque de toi, dis-tu, dans son indifférence. Puisque tu as remis ta liberté entre ses mains, tu dois suivre son bon plaisir : et si son plaisir est de vivre loin de toi en ce moment, tu dois l'accepter sans te plaindre. S'il t'a juré fidélité dans les larmes, avec promesse de revenir, il a suivi la coutume des amants : en effet, tels sont les usages à la cour de ton dieu. Mais on n'a jamais vu de juge faire un procès pour une promesse non tenue. On ne peut que dire : « Il a eu tort », et se mettre le cœur en paix, comme lui devrait le faire si les rôles étaient inversés. Il n'est pas le premier à se comporter ainsi, et tu n'es pas la première à qui cela arrive. Jason se sépara d'Hypsipyle, à Lemnos, pour rejoindre Médée en Thessalie ; Pâris laissa la nymphe Œnone dans les forêts de l'Ida et s'en revint à Troie avec Hélène ; Thésée abandonna Ariane en Crète pour épouser Phèdre à Athènes ; aucune de ces femmes délaissées ne se suicida : elles n'y pensèrent plus et oublièrent leurs lâches amants. Amour ne peut t'infliger de blessures que tu n'aies cherchées. Son arc et ses flèches, il s'en sert sans réflexion. On en trouve tous les jours mille exemples. Tu vois qu'il ne faut jamais s'en prendre à lui de ce qui arrive, mais à soi-même. C'est un enfant nu et folâtre, qui tire à l'aveuglette : s'en plaindre, se montrer inconsolable, vouloir le chasser, peine perdue ! Qu'elle se soit éprise de lui ou lui d'elle, cette femme contre qui tu profères injures et menaces n'a peut-être rien fait pour le conquérir. Il s'est montré sans doute pressant envers elle et, de même que tu n'as su résister à cet homme, elle n'a su se montrer plus insensible que toi. S'il sait pleurer à son gré, comme tu le dis, les larmes unies à la beauté sont irrésistibles. Admettons que cette gente dame ait su le circonvenir avec de beaux discours et de belles manières. Aujourd'hui, tout le monde agit ainsi ; chacun recherche son intérêt sans se soucier des autres et sans regarder aux moyens de l'obtenir. La dame, sans doute aussi avisée que toi en matière d'amour, se l'est approprié, devinant qu'il ferait un bon amant. Qui t'empêche d'en faire autant avec un autre ? Ce n'est pas une chose que j'approuve, mais, au pire, si tu veux suivre Amour et reprendre ta liberté, je te l'accorde. À mon avis, il ne manque pas de jeunes gens plus méritants que lui et désireux de t'être soumis : le plaisir qu'ils te donneront chassera Pamphile de ton esprit comme cette femme t'a chassée du sien. Jupiter se moque bien de voir les amants trahir leurs promesses et leurs protestations de fidélité : traiter les autres comme on est traité soi-même, ce n'est pas se tromper, c'est agir avec le monde comme en usent les autres. Aujourd'hui, on tient pour folie d'être fidèle à un infidèle, et pour sagesse de rendre tromperie pour tromperie. Délaissée par Jason, Médée épousa Égée, Ariane abandonnée prit Bacchus pour mari, remplaçant le chagrin par la joie. Tu ne peux en vouloir aux autres plus qu'à toi-même. Prends ton mal en patience, tu peux t'en délivrer si tu le veux. D'autres femmes, dans le passé, ont surmonté leurs épreuves. Regarde une Déjanire, abandonnée par Hercule pour Iole, une Phyllis, oubliée par Démophon, une Pénélope, trompée par Ulysse dans les bras de Circé. Elles souffraient plus que toi, d'une passion plus ardente que la tienne, car il s'agissait d'hommes et de femmes exceptionnels : et pourtant, elles firent preuve de patience. Tu n'es donc ni la seule, ni la première dans ce cas, et savoir que d'autres souffrent avec vous rend le malheur plus supportable. Donc, réjouis-toi, chasse tes vains soucis, et crains ton mari. En effet, que tout cela lui parvienne aux oreilles et qu'il t'en punisse par la mort, il vaut mieux, même si l'on ne meurt qu'une fois, choisir si possible la meilleure des morts. S'il te tuait, comme tu le souhaites dans ta colère, songe à l'infamie et à l'éternel déshonneur dont ta mémoire serait souillée. Il faut considérer les choses de ce monde comme changeantes, ne pas trop compter sur elles dans la prospérité, ne pas désespérer d'elles dans l'adversité. Clotho mélange l'une à l'autre, empêche la stabilité de la Fortune, fait tourner le destin. La faveur des dieux n'engage pas l'avenir ; Dieu, indigné de nos péchés, emporte nos conditions dans un tourbillon ; la Fortune craint les forts et écrase les faibles. Il est temps de vérifier si tu as de la vaillance : celle-ci ne manque jamais, mais le bien-être l'étouffe. L'espoir ne laisse voir nulle issue dans la détresse : aussi ne doit-on désespérer de rien quand on n'a rien à espérer. Nous sommes mus par le destin : crois-moi, notre inquiétude ne changera rien à ce qu'il a décidé[1]. Presque toutes les actions et les épreuves des hommes viennent du ciel. Lachésis file sur sa quenouille, selon la loi prescrite, et suit la trame de chaque existence : le premier jour décide du dernier, et l'on ne peut changer le cours des choses[2]. Beaucoup ont cru pouvoir modifier leur destin, ou l'ont redouté, à leurs dépens, et le destin les a rattrapés au moment où leur crainte était la plus grande. Détache-toi de la souffrance que tu as choisie, et vis heureuse, confiante dans les dieux. Agis pour le mieux : c'est souvent au moment où l'homme se croit le plus éloigné du bonheur que, sans le savoir, il en est le plus proche. Des navires qui avaient traversé les océans sans accident ont fait naufrage à l'entrée du port, et d'autres, qui désespéraient de rentrer, se sont retrouvés à bon port. Moi-même, j'ai vu beaucoup d'arbres frappés par la foudre reverdir en peu de temps, et d'autres, objets de tous les soins, sécher mystérieusement. Les voies de la Fortune sont diverses et, de même qu'elle t'a apporté la peine, de même, si tu nourris ta vie d'espoir, elle t'apportera la joie.

Ces discours, la sage nourrice me les tint plusieurs fois, croyant qu'ils pourraient chasser ma douleur et ma pensée obsédante de la mort. Mais, occupé ailleurs, mon esprit les recevait avec peu de profit ; l'essentiel volait au vent en pure perte, et mon mal submergeait chaque jour un peu plus mon âme languissante. Souvent, dans mon lit, couchée sur le dos, un bras cachant mon visage, je ruminais divers projets. Je vais dire des choses violentes, qui seraient presque impensables chez une femme si l'avenir ne les avait vues se réaliser. Mon cœur succombait sous l'excès de la

1. Ces formules stoïciennes sont tirées de la *Médée* de Sénèque.

2. Clotho et Lachésis (la troisième se nomme Atropos) sont les Moires grecques, assimilées aux Parques romaines. L'une file, l'autre tourne le fuseau, la troisième tranche le fil de chaque destinée.

douleur, et je me sentais désespérément éloignée de mon amant. Je me mis à penser :

– J'ai la même raison que Didon de vouloir quitter ce monde, mais la mienne est plus grave. Je la dois à Pamphile, qui voudrait me voir partir d'ici. Mais comme je suis son esclave, je ferai ce qui lui plaît, et un seul geste satisfera dignement mon amour, ma faute et mon époux. S'il la liberté existe dans l'au-delà et dans les esprits détachés de la prison du corps, je m'unirai à lui sans perdre un instant, et par l'âme là où le corps ne pourra le faire. Eh bien, donc, je mourrai : pour fuir ma peine, il me faut être cruelle envers moi-même ! Aucune autre main ne pourrait m'infliger assez durement la sanction amplement méritée. Je n'attendrai pas un instant pour me donner la mort : je l'attends comme une faveur, même si la pensée en est sinistre. Plutôt la mort que cette vie de souffrance.

Quand j'eus arrêté mon projet, je me mis à réfléchir au moyen que je choisirais pour m'ôter la vie : il en existe tellement ! Le premier qui me vint à l'esprit, ce fut le fer, utilisé par nombre de gens et, en particulier, par cette Didon à laquelle j'ai fait allusion. Se présenta ensuite à mon esprit la mort de Byblis et Amata[1] comme moyen de terminer mes jours ; mais, plus soucieuse de ma réputation que de moi-même, et craignant plus la façon de mourir que la mort elle-même, je trouvai la corde trop infamante, et l'épée trop cruelle au dire des gens ; aussi évitai-je l'une et l'autre. Ensuite, j'imaginai de suivre l'exemple des habitants de Sagonte et d'Abydos : les uns craignant Hannibal, les autres Philippe de Macédoine, ils livrèrent leur ville aux flammes dans lesquelles eux-mêmes se jetèrent. Mais un incendie serait très dommageable à mon mari, et

1. Byblis se pendit pour échapper à l'amour incestueux de son frère. Amata, épouse du roi du Latium, se suicida en apprenant que son neveu avait été vaincu et tué par Énée.

il n'a aucune responsabilité dans mes malheurs. Je repoussai donc ce moyen comme les deux premiers. Puis je pensai aux poisons, qui mirent fin aux jours de Socrate, de Sophonisbe, d'Hannibal et de tant d'autres grands de ce monde. Ceux-ci me plaisaient assez, mais il me fallait du temps pour m'en procurer, assez, peut-être, pour me faire changer d'avis. J'y renonçai donc, ainsi qu'à d'autres moyens qui me paraissaient compliqués, comme les braises incandescentes avalées par Porcia... Je songeai à la mort d'Ino et de Mélicerte, ou à celle d'Erysichthon, mais les écartai toutes deux : je leur trouvais trop de lenteur, imaginant, quant à la dernière, d'interminables souffrances physiques[1]. Mais, au bout du compte, je me souvins de la mort de Perdix, précipité du haut de la citadelle crétoise, et je jugeai ce moyen comme le seul infaillible et sans ignominie :

– Je me jetterai du dernier étage de la maison, mon corps sera en morceaux, et chacun d'eux rendra aux dieux ma pauvre âme pécheresse ! Personne ne soupçonnera de ma part un geste cruel et fou. Au contraire, on attribuera ma mort à un accident, et on maudira le sort en répandant sur moi des larmes de compassion !

Je pris cette décision, tout heureuse à l'idée de la mettre à exécution. Je pensais qu'il serait plus pitoyable de commettre sur ma personne cet acte impitoyable.

J'avais déjà fixé mon choix, n'attendant plus que l'occasion, quand un froid soudain me glaça les os, et je fus secouée d'un tremblement par tout le corps, tandis que j'entendais :

– Malheureuse, que veux-tu faire ? T'anéantir sous le coup de la colère et du dépit ? Si tu étais sur le point de mourir d'une grave maladie, ne devrais-tu pas essayer de

1. Ino se noya avec son fils Mélicerte ; Érysichthon, condamné à une faim dévorante, se déchira le corps de ses propres dents.

vivre assez pour voir – une dernière fois – Pamphile ? Songes-tu qu'une fois morte tu ne le verras plus et que sa pitié te sera inutile ? Quel profit tira l'impatiente Phyllis du retour tardif de son Démophon ? Elle fleurissait déjà quand elle le vit revenir et, si elle avait su attendre, elle l'aurait accueilli avec son corps de femme[1]. Vis donc : Pamphile reviendra ici un jour ou l'autre, en amant ou en ennemi ! Mais, quel que soit son cœur, tu l'aimeras, et tu pourras peut-être le voir et l'attendrir sur ton aventure. Il n'est pas né d'un chêne, d'un antre ou d'une pierre ; il n'a pas bu du lait de tigresse ou de quelque autre fauve ; son cœur n'est pas de diamant, ni d'acier, et il ne peut manquer de s'apitoyer sur ton sort. Et si, toi vivante, il reste insensible, alors tu auras une bonne raison de mourir. Pendant plus d'un an, tu as supporté la tristesse de vivre sans lui, tu peux bien la supporter un an de plus. La mort ne fait jamais faux bond à ceux qui la recherchent : elle arrivera en un éclair, et plus douce qu'elle ne l'est à présent. Tu pourras vivre dans l'espoir qu'il verse une larme sur toi, tout ennemi et cruel qu'il soit. Reviens sur ta décision précipitée : on ne tarde jamais à s'en repentir. Ce que tu veux faire, tu ne seras plus là pour le regretter et, quand bien même tu pourrais le regretter, ce serait trop tard.

Ces réflexions me firent longuement hésiter sur la décision à prendre. Mais, tourmentée par l'âpre Mégère, je cédai à ma première résolution et songeai au moyen secret de la mettre en œuvre. Adressant d'amicales paroles à ma nourrice, qui s'était tue, je fis mine d'être apaisée et lui dis pour m'en débarrasser :

– Ma chère mère, mon cœur a reçu avec profit tes paroles de vérité, mais afin que mon esprit puisse se libérer

1. Phyllis n'eut pas la patience d'attendre le retour de son amant et se pendit. Quand celui-ci revint, elle avait été métamorphosée en amandier !

de cette folie qui l'aveugle, je te prie de te retirer et de me laisser goûter un sommeil dont j'ai besoin.

Elle était perspicace et sembla percer mes intentions : elle me conseilla le sommeil mais, après s'être éloignée du lit, elle ne voulut absolument pas quitter ma chambre. De mon côté, pour ne pas éveiller ses soupçons, je tolérai malgré moi sa présence dans l'idée qu'au bout d'un moment, me voyant calmée, elle partirait. Je fis donc semblant de dormir pour dissimuler mes desseins. Sans rien laisser deviner de l'extérieur, croyant mes derniers moments approcher, je m'adressai ces douloureuses paroles :

– Pauvre Fiammetta, la plus triste de toutes les femmes, voilà venue ta dernière heure ! Aujourd'hui, après que tu te seras jetée du haut de cette maison, ton âme s'envolera de ton corps disloqué et tu en auras fini avec les larmes, les soupirs, les angoisses et les désirs ! En un seul instant, Pamphile et toi serez déliés de votre promesse. Aujourd'hui tu connaîtras ses étreintes, qui te revenaient ; aujourd'hui les bannières d'Amour couvriront ton corps après un indigne massacre ; aujourd'hui ton esprit le verra ; aujourd'hui tu connaîtras celle pour qui il t'a abandonnée ; aujourd'hui tu forceras sa pitié ; aujourd'hui tu commenceras à te venger de ta rivale ! Mais, ô dieux, si vous êtes charitables, exaucez cette ultime prière : ne faites pas passer ma mort pour infamante aux yeux des gens ! Si le suicide est un péché, ma punition est immédiate puisque je meurs sans oser révéler la raison de mon acte : ce me serait pourtant une grande consolation si je croyais, avec cet aveu, mourir sans reproches. Donnez à mon époux la force de supporter ma mort : si je n'avais pas trahi son amour, je serais heureuse et demanderais à vivre sans vous adresser ces prières. Mais, ingrate pour les bienfaits reçus et prenant toujours le plus mauvais parti (semblable en cela aux autres femmes), je m'en récompense moi-même !

Ô Atropos, toi dont le coup est fatal, je te supplie d'accompagner mon corps dans sa chute : adoucis l'angoisse de mon âme au moment de la séparer du fil tissé par Lachésis ! Et toi, Mercure, qui recevras cette âme, je t'en prie, par l'amour dont tu as connu les brûlures, et par ce sang que je te consacre, conduis-la avec bienveillance au lieu que tu lui auras réservé : qu'elle n'ait pas y souffrir plus qu'elle n'a déjà souffert !

J'en étais à ce point de mes réflexions quand Tisiphoné se dressa devant mes yeux. Ses murmures incompréhensibles, son air menaçant me firent craindre un au-delà pire que ma vie terrestre. Puis je l'entendis prononcer d'une voix plus distincte : « Essayer une seule fois ne peut être bien grave », et ces mots rallumèrent dans mon âme troublée le désir de la mort. En effet, voyant que la nourrice ne se retirait toujours pas et craignant, à force d'attendre, de renoncer à mon projet ou de m'en trouver empêchée, j'étendis mes bras sur mon lit, dans une sorte d'étreinte, et je dis en pleurant :

– Ô mon lit, je te confie à Dieu en le priant de te rendre plus accueillant qu'Il ne l'a fait pour moi à la femme qui m'y succèdera !

Puis, parcourant des yeux ma chambre, que je croyais ne plus jamais revoir, je fus prise d'un malaise soudain et perdis la vue. Palpitante et tremblante, j'essayai de me lever, mais mes membres, succombant à la terreur, se dérobèrent sous moi. Je retombai trois fois de suite, la face contre mon lit. Je sentais en moi la lutte terrible que livraient à l'âme enragée les esprits effrayés qui voulaient l'empêcher de fuir. Mais l'âme triompha et chassa de moi la peur glacée : la douleur m'enflamma et mes forces revinrent. J'étais déjà plus pâle qu'une morte ; je me redressai violemment et vis Tisiphoné allant de côté et d'autre, pareille au taureau blessé à mort qui bondit çà et là tout en donnant des coups. Je me jetai à bas de mon lit, comme ivre, sans savoir ce que je faisais, et courus sur les pas de la Furie, me dirigeant vers l'escalier qui menait au dernier étage de la maison. Je franchis le seuil de ma funeste chambre en proie à une crise de larmes. Jetant des regards éperdus partout dans la maison, je dis d'une voix faible et brisée :

– Ô demeure fatale à mon bonheur, adieu pour toujours ! Tu témoigneras de mon geste à Pamphile s'il revient un jour ! Et toi, cher mari, console-toi et cherche-toi à l'avenir une Fiammetta plus sage ! Ô mes chères sœurs, et vous mes parents, et vous mes compagnes et amies, vous qui m'avez fidèlement servie, que les dieux vous gardent !

En prononçant ces mots, folle de colère, je courais vers mon noir dessein. La vieille nourrice, comme un dormeur saisi d'une angoisse, stupéfaite par cette scène, laissa tomber son rouet. Elle se leva péniblement et se mit à me suivre comme elle put, tout en poussant des cris d'une force incroyable :

– Ma fille, où cours-tu ? Quelle est cette fureur ? C'est donc là le réconfort que tu disais avoir trouvé dans mes paroles ? Où vas-tu ? Attends-moi !

Elle cria de plus belle :

– Venez tous ! Arrêtez ma maîtresse ! Elle a perdu la raison ! Empêchez-la de commettre une folie !

Elle appelait en vain. Elle ne pouvait me rattraper. J'avais l'impression d'avoir des ailes et je courais vers la mort aussi vite que le vent. Mais le hasard imprévu, obstacle aux bons comme aux mauvais desseins, m'empêcha de perdre la vie. Je portais une très longue robe qui gênait mes mouvements sans pour autant freiner ma course. Elle s'accrocha à une arête de bois et arrêta net mon élan : j'eus beau tirer, je ne pus me dépêtrer. Tandis que j'essayai de me dégager, la nourrice me rejoignit et je me souviens lui avoir hurlé, le visage noir de colère :

– Misérable vieille, va-t-en d'ici si tu tiens à la vie ! Tu crois m'aider et tu es ma perte ! Laisse-moi : mon seul désir est de mourir ! Empêcher quelqu'un de mourir, c'est le tuer ! Tu m'assassines en croyant m'arracher à la mort ! Tu es mon ennemie puisque tu veux prolonger mon malheur !

Je hurlais. Mon cœur bouillait de rage et mes mains, tandis que j'essayais de dégager mon vêtement, l'entortillaient davantage. J'eus l'idée de me déshabiller, mais la nourrice m'avait déjà rattrapée et, en criant, tentait de m'en empêcher. Elle n'en aurait pas eu la force si les jeunes servantes accourues à ses cris ne m'avaient retenue. Je tentai plusieurs fois, tout en me débattant, de glisser entre leurs mains, mais elles eurent raison de moi et me ramenèrent, épuisée, dans ma chambre que je ne croyais plus revoir. À plusieurs reprises, je les interpellai au milieu de mes larmes :

– Méprisables servantes, comment osez-vous user de violence sur votre maîtresse ? Êtes-vous folles ? Et toi, malveillante, qui as nourri ce pauvre corps, futur témoin de toutes les souffrances, pourquoi as-tu fait obstacle à mes dernières volontés ? Ne sais-tu pas qu'il serait plus charitable de me pousser à la mort que de me l'éviter ? Si tu m'aimes comme je le crois, laisse-moi libre d'accomplir mon triste projet et de disposer de moi selon mon désir. La pitié que tu me manifestes, sers-t-en pour sauver ma réputation. Si tu veux me faire renoncer, tu perds ta peine. Crois-tu pouvoir m'arracher au fer dont je veux me percer, à la corde, au poison, au feu ? Quel bénéfice tirerai-je de ta sollicitude ? Prolonger un peu mes pénibles jours et retarder une mort qui me couvrira d'une honte qu'elle n'avait pas aujourd'hui. Ta surveillance ne me l'évitera pas : la mort est partout, en toute chose, et même, cela s'est vu, dans les remèdes ! Laisse-moi mourir avant que l'excès de douleur ne me fasse chercher une issue plus violente !

Tandis que je proférais ces tristes paroles, mes mains ne cessaient de s'agiter. Dans ma rage, j'attrapais tantôt une servante, tantôt l'autre, écorchant la tête de l'une en soulevant ses tresses, plantant mes ongles dans un visage que je griffais jusqu'au sang. Je me souviens même avoir lacéré les vêtements d'une autre. Mais, hélas ! ni la nourrice, ni les servantes malmenées ne réagissaient autrement qu'en prenant charitablement soin de moi au milieu de leurs pleurs. J'essayais alors de les convaincre, mais les mots n'y faisaient rien. Aussi commençai-je à crier :

– Ô mains qui avez accompli le méchant office d'orner ma beauté et de me rendre désirable aux yeux de l'homme que j'aime le plus au monde, puisque vous m'avez si mal servie, soyez-en punies en retournant votre cruauté sur ce corps, déchirez-le, ouvrez-le et tirez-en, dans des flots de sang, l'âme à lui férocement attachée. Arrachez-en le cœur blessé par l'amour aveugle ! Et puisqu'on vous prive du poignard, lacérez-le sans pitié de vos ongles, lui qui a fait votre malheur !

Mes mots étaient comme des ordres à mes mains impatientes de mettre à exécution ces menaces, mais les servantes furent promptes à les retenir. Poussant des plaintes intempestives, ma nourrice me tint ce langage :

– Ma chère fille, je t'en supplie, par ce pauvre sein qui t'as nourrie, écoute humblement ces quelques mots. Je ne chercherai pas à te convaincre d'oublier ta douleur, ni de chasser la juste colère qui te met en fureur, ni de la laisser s'éteindre avec le temps, ni de l'accepter, le cœur en paix : je ne te parlerai que de la vie et de l'honneur, que tu as oubliés. Il n'est pas bon qu'une jeune fille comme toi, pleine de ressources, succombe à la douleur et courbe les épaules sous le malheur. Il n'est pas courageux de vouloir mourir dans la crainte de devoir vivre. Faire face aux épreuves et ne pas les fuir, voilà le courage suprême. Quand on a, comme toi, foulé aux pieds son destin, qu'on s'est débarrassée des biens de l'existence, quel besoin a-t-on, comme tu le fais, de désirer et d'appeler la mort : c'est ce que veulent les lâches. Donc, si tu aspires au malheur absolu, renonce à la mort : elle t'en délivrerait. Chasse de ton esprit cette folie où je crois que tu cherches à posséder et perdre ton amant tout à la fois. Penses-tu qu'il sera à toi quand tu ne seras plus rien ?

Je ne répondis rien. Entre-temps, le bruit de l'incident s'était répandu dans toute la maison et dans le quartier. Comme lorsque les gens se rassemblent au hurlement d'un loup, des serviteurs accouraient de toutes parts et, tout en se lamentant, posaient des questions. Mais j'avais déjà donné ordre à ceux qui en étaient informés de ne rien dire, et on paya les curieux d'un mensonge. Mon cher mari accourut, ainsi que mes sœurs, mes parents, mes amis. On leur cacha à tous la vérité : alors on s'apitoya sur moi ; chacun pleura sur mes peines et chercha à me réconforter. Certains crurent à une crise de démence et me regardèrent comme une folle ! Mais d'autres, plus compatissants, interprétant mon calme comme une marque de souffrance, se moquèrent de ceux qui me prêtaient cette folie. Maintes personnes me rendirent visite et je restai dans un état d'hébétude pendant plusieurs jours, sous la garde discrète de la clairvoyante nourrice.

Il n'est pas de colère si enflammée qui ne se refroidisse avec le temps. Après plusieurs jours passés dans cet état, je repris mes esprits et m'aperçus que les paroles de la sage nourrice étaient vraies : je pleurai amèrement mon accès de folie.

Mais si le temps éteignit peu à peu toute violence en moi, il ne changea en rien mon amour, au contraire. Je replongeai dans mon état habituel de mélancolie. Je supportais mal d'avoir été délaissée pour une autre. Souvent, je m'entretenais avec la nourrice sur ce sujet, désireuse de trouver un moyen de rappeler à moi mon cher amant. Une fois, nous décidâmes de lui écrire une lettre attendrissante sur mes malheurs, mais nous jugeâmes ensuite plus utile de l'en informer de vive voix par un messager discret. La nourrice, malgré son âge et les difficultés d'un long voyage, me proposa de me rendre ce service. Mais, tout bien considéré, les lettres, tout attendrissantes qu'elles pussent être, ne nous parurent guère propres à le distraire de son nouvel amour. J'en écrivis une, pourtant, et elle eut le résultat que nous avions prévu. Quant à lui envoyer ma nourrice, il m'apparut clairement qu'elle n'arriverait pas jusqu'à lui, et je ne pouvais compter sur personne d'autre. Ces projets n'étaient guère sérieux, et je ne vis qu'une seule solution : me rendre moi-même auprès de lui !

J'envisageai plusieurs moyens, auxquels ma nourrice me donna finalement d'excellentes raisons de renoncer. Je songeai par exemple à prendre un habit de pèlerin et, accompagnée d'une fidèle compagne, à me rendre dans sa patrie : l'idée me paraissait bonne, même si je voyais le grand danger que courrait mon honneur, sachant que les femmes en pèlerinage, si elles sont belles, sont souvent en chemin la cible de mauvais plaisants. Par ailleurs, me sentant des obligations envers mon mari, je ne voyais pas comment partir sans lui ou sans sa permission, qu'il ne donnerait pas.

J'abandonnai ce vain projet et en formai aussitôt un autre, assez habile, que je crus près de réaliser, s'il n'était survenu un empêchement. J'espère le mettre à exécution plus tard, si je suis encore de ce monde. Je feignis d'avoir fait un vœu, pendant ma maladie, si Dieu m'en faisait réchapper : son accomplissement me fournissait une bonne raison de passer par la ville de mon amant. En traversant celle-ci, les prétextes ne manqueraient pas pour que je désire le rencontrer et lui parler des vraies raisons de mon voyage.

J'en fis part à mon mari qui se proposa, tout heureux, de m'accompagner, mais il me demanda d'attendre pour cela un moment plus opportun. Ce retard me fut pénible, et je craignis qu'il ne me desservît. J'envisageai donc d'autres solutions et n'en retins qu'une seule : la magie. Pour m'assurer entièrement de ces pratiques, j'en entretins à plusieurs reprises des personnes qui se vantaient de posséder cet art. Certaines me promettaient de me transporter sur les lieux en un éclair, certaines de détacher l'esprit de mon amant de tout amour autre que le mien, d'autres assuraient qu'elles me rendraient ma liberté. Quant au résultat, je constatai qu'on parlait beaucoup, mais qu'on agissait peu, et mon espoir fut plusieurs fois déçu. Aussi, sans plus penser à ces choses, préférai-je attendre le moment jugé opportun par mon mari pour l'accomplissement de mon vœu.

CHAPITRE 7

Fiammetta raconte sa fausse joie en apprenant qu'un certain Pamphile est de retour, et sa vraie tristesse en ne reconnaissant pas son amant.

Malgré l'espoir de ce prochain voyage, l'angoisse ne me quittait pas. Le ciel, entraînant le soleil dans son mouvement incessant, faisait se succéder les jours sans que ma douleur ni mon amour ne diminuât, et prolongeait ma vaine attente plus que je ne l'aurais voulu. Le soleil entrait dans la constellation du Taureau. Les jours, gagnant sur les nuits, avaient considérablement rallongé. Le zéphyr fleuri, de son souffle doux et paisible, avait calmé les tempêtes du belliqueux aquilon, chassé les brumes glacées, asséché les prés baignés de pluie et tout embellis d'herbes et de fleurs. Les arbres blanchis par le froid de l'hiver s'habillaient de vert. C'était partout la gaie saison du printemps, prodigue de ses richesses, où la terre constellée de fleurs, de violettes et de roses, rivalise en beauté avec la huitième sphère céleste. Le narcisse couvrait les prés ; la vigne, mère de Bacchus, commençait à alourdir de ses grappes l'orme où elle s'attache, s'ajoutant au poids de son lourd feuillage ; l'amandier et le peuplier, dépouillés par le blanc hiver, revêtaient un habit de fête ; l'oiseau folâtre faisait entendre partout sa note plaisante ; Cérès mûrissait le blé nouveau dans les champs ; et mon maître cruel, Amour, dardait ses feux dans les cœurs bouillonnants des jeunes gens qui, chacun selon son aptitude, s'ingéniait à plaire à l'objet aimé.

Toute notre ville s'animait de fêtes joyeuses, plus nombreuses que n'en connut la Rome antique, et les théâtres résonnaient de chants et de musiques invitant les amants à cette liesse. Tantôt les jeunes cavaliers rompaient des lances sur leurs coursiers, tantôt ils joutaient dans un concert d'instruments, tantôt ils se divertissaient à maîtriser d'une main savante de fougueuses montures au mors écumant. Les jeunes dames, qui se délectaient de ces spectacles, couronnées de tendre feuillage, lançaient des regards radieux à leurs amants, du haut d'une fenêtre ou depuis le seuil d'une porte, et chacune assurait le sien de son amour, d'un cadeau, d'un geste ou d'un mot.

Moi seule vivais à l'écart, presque en ermite, et, mes espoirs envolés, inconsolable, je trouvais ennuyeuse cette heureuse saison. Je n'avais de plaisir à rien. Nulle fête ne m'apportait de joie ; aucune pensée, aucune parole ne m'apportait de réconfort ; mes mains n'étaient plus attirées par les verts feuillages, ni par les fleurs, ni par les objets séduisants sur lesquels je posais un regard triste. Jalouse du bonheur des autres, je ne désirais rien plus ardemment que de voir toutes les femmes traitées comme je l'étais par l'Amour et la Fortune. Que de fois ne me suis-je consolée en écoutant les malheurs et les déboires récemment survenus à des amants !

Dans cet état d'aigreur où me maintenaient les dieux, il m'arriva la chose suivante. Quand elle veut s'acharner sur les malheureux, la Fortune les trompe en leur présentant un visage riant en pleine adversité : plus ils lui font confiance, plus leur chute est fracassante au moment où elle leur retire sa faveur. Cette folle assurance qu'ils mettent sur elle les fait tomber comme Icare en plein vol – trop confiant dans ses ailes, il monta très haut, et fut précipité dans les eaux qui portent son nom[1]. La Fortune, donc, non contente des maux qu'elle infligeait, m'en prépara de pires. Elle éloigna ses coups et son courroux, prenant plus d'élan pour me frapper plus fort, comme le font les béliers, cessant un temps de me faire souffrir et m'apportant une joie illusoire.

Mon amant infidèle avait déjà passé loin de moi seize mois (quatre fois plus qu'il n'avait promis). Or, un jour, alors que j'étais en train de pleurer, comme à mon habitude, ma nourrice, d'un pas plus leste que ne le laissait supposer son âge, son visage ridé tout baigné de sueur, entra dans ma chambre et s'assit, le cœur battant, une lueur de joie dans les yeux. Elle essaya à plusieurs reprises de parler, mais sa respiration haletante l'en empêchait. Très étonnée, je lui dis :

– Chère nourrice, qu'est-ce qui t'a exténuée de la sorte ? Qu'as-tu de si pressé à m'annoncer que tu ne puisses reprendre ton souffle ? Une bonne nouvelle ou une mauvaise ? Que dois-je faire : me préparer à fuir ou à mourir ? Je ne sais pourquoi ton visage renouvelle mes espoirs, mais j'ai connu si longtemps l'adversité que, comme tous les malheureux, je crains le pire ! Dis vite. Ne me laisse pas dans le doute. Pourquoi une telle hâte ? Est-ce un dieu propice ou une divinité infernale qui t'a poussée jusqu'ici ?

Alors, retrouvant son souffle, la vieille femme m'interrompit gaiement :

– Ma douce fille, réjouis-toi ! Tu n'as rien à craindre dans ce que je vais te dire ! Laisse là ta peine et retrouve ta joie d'avant : ton amant est de retour !

Ses mots remplirent aussitôt mon âme d'une allégresse qui se lut dans mes yeux. Mais l'habitude du malheur la dissipa bien vite, et, incrédule, je lui répondis en pleurant :

1. Icarium mare (mer Icarienne), une partie de la mer Égée.

– Chère nourrice, par ton grand âge, par ton corps usé qui aspire désormais au repos éternel, ne te moque pas d'une malheureuse comme moi dont tu devrais partager la peine ! Les fleuves remonteront à leur source, l'étoile du soir annoncera le jour, et la lune éclairera la nuit avec les rayons du soleil avant que ne revienne mon amant oublieux ! Ignores-tu qu'en ce moment, en cette saison propice à l'amour, il goûte le plaisir dans les bras d'une autre ? Où qu'il soit, il reviendrait vers elle plutôt que de la quitter pour venir ici !

– Puissent les dieux recevoir l'âme de ce corps usé, ma fille : ta nourrice ne te ment pas ! À mon âge, on ne se moque pas des gens, surtout de toi, que j'aime le plus au monde !

– Alors comment l'as-tu appris ? Par qui ? Dis vite, que je me réjouisse de cette bonne nouvelle si je lui trouve un air de vérité !

Je me levai, déjà plus enjouée, et m'approchai d'elle pour l'écouter :

– Ce matin, dit-elle, je parcourais lentement la plage, occupée à faire des provisions pour notre maison. Je tournais le dos à la mer quand un jeune homme sauta d'une barque et, emporté par son élan, me bouscula violemment. Maudissant le fâcheux, je me retournai vers lui, fort en colère, pour me plaindre de sa grossièreté, mais il me pria très humblement de l'excuser. À son visage et à ses vêtements, je vis qu'il était du pays de Pamphile. Je lui dis : « Dieu te garde, jeune homme ! Dis-moi, viens-tu de loin ? – Oui, femme. – Puis-je te demander d'où ? – De la plus belle ville de Toscane, dont je suis natif. »

À ces mots, je compris qu'il était compatriote de Pamphile et lui demandai s'il le connaissait. Il répondit que oui et me parla fort bien de lui, ajoutant que Pamphile l'aurait accompagné si un petit empêchement ne l'avait retenu, mais qu'il serait ici dans quelques jours. Tandis que nous parlions, ses compagnons débarquèrent avec leurs bagages, et mon jeune homme partit avec eux. Laissant là mes affaires, ne pouvant plus y tenir, j'ai couru jusqu'ici sans reprendre mon souffle. Réjouis-toi donc, et chasse ta tristesse !

Le cœur joyeux, je la pris dans mes bras et baisai son vieux front. Dans mon doute, je la conjurai plusieurs fois de m'assurer que la nouvelle était vraie : je désirais me l'entendre confirmer et craignais qu'elle ne me trompât ! Mais elle me jura ses grands dieux que c'était la pure vérité. Balançant entre oui et non, je la crus et, radieuse, je remerciai les dieux :

– Ô grand Jupiter, roi suprême des cieux, ô brillant Apollon à qui rien n'est caché, ô belle Vénus, pitoyable envers tes sujets, ô Amour, enfant sacré, porteur des précieuses flèches, soyez loués ! C'est donc vrai : celui qui ne cesse d'espérer en vous ne peut finalement périr. Grâce à vos faveurs, et non à mes mérites, voici Pamphile de retour ! Dès que je le verrai, j'allumerai l'encens sur vos autels devant lesquels j'ai prié avec tant de ferveur et que j'ai baigné de larmes amères ! Ô Fortune, toi qui compatis à nouveau à mes malheurs, je t'offrirai l'image que je t'ai promise pour témoigner de tes bienfaits[1]. Avec toute l'humilité et la foi capables de vous toucher, je vous supplie d'écarter tout obstacle au retour de Pamphile, et de me le ramener sain et sauf !

Après cette prière, tel le faucon qu'on déchaperonne et qui bat des ailes, je m'adressai ces paroles :

– Ô cœurs amoureux, languissants par trop de malheurs, laissez vos sombres pensées puisque mon amant chéri se souvient de sa promesse et me revient ! Chassez la douleur, la peur et l'humiliation que prodigue l'adversité ! Oubliez que vous avez été jusqu'à présent le jouet de

1. L'ex-voto dont il est question au chapitre 5.

la Fortune ! Dissipez, au contraire, les brumes de l'implacable destin ! Que s'éloigne toute image rappelant les temps de malheur, et que renaisse le visage joyeux du bonheur présent ! Que les vieux sentiments de Fiammetta laissent place à son âme toute neuve !

Tandis que je me tenais ce langage, mon cœur fut saisi par la crainte. Je sentis une soudaine et incompréhensible lâcheté m'envahir et réfréner l'élan de ma joie : j'en perdis presque le fil de mon propos. Hélas, c'est un vice propre aux malheureux que de ne pouvoir jamais croire aux bonnes nouvelles ! Même si la Fortune leur sourit à nouveau, ils ne se hâtent pas de s'en réjouir : ils s'imaginent qu'ils rêvent et s'appuient sur elle, timidement, comme sur une chose sans réalité. Presque abasourdie, je pensai : « Qu'est-ce qui m'empêche ou m'interdit de m'abandonner totalement à ma joie ? Pamphile n'est-il pas de retour ? Si fait : alors, qu'est-ce qui m'oblige à pleurer ? Je ne vois nulle raison de m'attrister. Qu'est-ce qui me retient de me parer de fleurs nouvelles et de riches habits ? Et pourtant je m'en sens empêchée, sans savoir par quoi. »

Égarée, je ne me possédais presque plus, et, malgré moi, des larmes coulèrent de mes yeux. Mes mots laissèrent place aux pleurs, auxquels mon cœur, par une longue habitude, prenait encore plaisir. Comme s'il devinait l'avenir, mon esprit manifestait par ces larmes ce qui devait arriver : je sais à présent qu'une forte houle sans un souffle de vent annonce la tempête aux marins. Mais, voulant vaincre ce à quoi se refusait mon âme, je me dis :

– Malheureuse, à quoi te sert d'imaginer des catastrophes futures ? Fais confiance au bonheur qui t'échoit : quel que soit le présage, ta crainte vient trop tard, et bien inutilement.

Forte de ces raisons, je me laissai aller sans retenue à ma joie, m'efforçant de chasser mes tristes pensées. Je demandai à ma chère nourrice de surveiller le retour de mon amant, et, commençant à prendre soin de moi, j'entrepris de remplacer mes habits noirs par de plus gais : je ne voulais pas qu'un air triste donnât à Pamphile, quand il reviendrait, un prétexte pour me repousser. Mon pâle visage retrouva ses couleurs, mon corps retrouva ses rondeurs, mes cernes violets disparurent avec mes larmes. Mes yeux creusés reprirent leur éclat, et mes joues, ridées à force de pleurer, retrouvèrent leur souplesse. Je coiffai à nouveau mes cheveux qui retrouvèrent peu à peu leur blondeur ; je remis de riches atours qui n'avaient plus servi depuis longtemps. Quoi d'autre ? Je renouvelai toutes choses en même temps que ma personne, et recouvrai presque ma beauté première, au point que les femmes de mon entourage, mes parents, mon cher mari furent remplis d'admiration. Chacun se disait : « Quelle heureuse influence a pu la tirer de sa tristesse et d'une mélancolie dont ni prière ni consolation n'avait raison ? C'est extraordinaire ! » Malgré leur étonnement, ils étaient tout heureux, et notre maison, que ma détresse avait plongée dans le deuil, retrouva sa gaieté et, de même que mon cœur, tout semblait être passé du chagrin à la joie.

Les jours, qui me paraissaient plus longs qu'à l'ordinaire car je nourrissais l'espoir du retour imminent de Pamphile, passaient avec lenteur. Je les comptais plus souvent encore que lors de son départ. Je repensais à ces lointaines journées, à la peine et aux soucis qu'elles m'avaient donnés, et m'en faisais le reproche :

– Que de mal j'ai voulu à mon cher amant ! Que de reproches perfides pour ses retards ! Quelle folie d'avoir cru qu'il appartenait à une autre ! Maudits soient les mensonges de ceux qui me l'affirmaient ! Mon Dieu, comment les hommes peuvent-ils mentir aussi effrontément ? Certes, j'aurais dû prendre ces choses avec plus de circonspection ; croire à la fidélité que me jurait mon amant avec tant de larmes et de passion, à son amour pour moi et non aux propos qu'on me tenait sur la simple foi de l'apparence, comme j'ai pu le vérifier. La première fois, quelqu'un, voyant une mariée entrer dans la maison de Pamphile où il ne connaissait de jeune homme que lui, crut que c'était sa femme et le répéta, preuve qu'il ne se souciait guère de moi ; la deuxième fois, quelqu'un vit sans doute une jeune femme le regarder et plaisanter avec lui, sans savoir s'il s'agissait d'une parente ou d'une connaissance, et la prit pour son amante : il me le rapporta et je le crus. Ah ! si j'avais mieux examiné la chose, que de larmes, que de soupirs, que de peines me serais-je épargnés ! Mais les amants peuvent-ils agir raisonnablement ? Leur esprit suit le cours des choses. Ceux qui aiment sont crédules, car l'amour est plein de souci et de crainte. Par habitude, ils rapportent à eux-mêmes le mauvais sort : l'excès de désir leur fait croire que tout s'oppose à leurs volontés, et ils ne font guère confiance à ce qui leur est favorable. Cependant, j'ai quelque excuse, car j'ai toujours prié les dieux de décevoir mes désirs. Mes prières ont été entendues. Pamphile n'en saura rien et, même s'il l'apprenait, que pourrait-il dire sinon : « Cette femme m'aimait passionnément » ? Il sera sûrement désireux de connaître mes tourments et les dangers que j'ai courus, car ils lui fourniront la preuve de ma fidélité. Je feindrai de croire qu'il n'a tardé à revenir que pour éprouver ma constance à l'attendre. Je l'ai attendu patiemment : quand il saura de quelles épreuves et de quelles larmes j'ai payé cette attente, il ne pourra que m'aimer. Mon Dieu, quand me reverra-t-il et quand le reverrai-je ? Ô Toi qui vois tout, saurais-je freiner mon ardent désir de l'embrasser devant tout le monde à l'instant même où il m'apparaîtra ? J'ai peine à le croire. Mon Dieu, quand le serrerai-je dans mes bras et lui rendrai-je les baisers dont il couvrit mon visage au moment de son départ et de mon évanouissement ? N'ayant pu lui dire adieu, j'ai vu là un présage qui s'est avéré, un signe des dieux prédisant son retour ! Mon Dieu, quand pourrai-je lui conter mes larmes et mes peines, et l'écouter m'expliquer pourquoi il a tant tardé ? Vivrai-je jusque-là ? J'ai peine à le croire. Que ce jour vienne vite, car la mort, que j'ai appelée et même recherchée, me fait peur à présent : je la prie, si elle peut entendre une prière, de s'éloigner de moi et de me laisser passer mes jeunes années heureuse avec Pamphile !

Il ne se passait pas de jour où je n'étais soucieuse d'avoir la certitude du retour de mon amant, et j'insistai plusieurs fois auprès de ma nourrice pour qu'elle retrouvât le jeune homme qui lui avait donné cette nouvelle et en obtienne confirmation. Elle le fit à plusieurs reprises et, tandis que le temps passait, elle m'annonçait son retour imminent. Non seulement j'attendais ce moment-là, mais je l'anticipais en m'imaginant qu'il était déjà revenu. Plusieurs fois par jour je courais à la fenêtre ou à la porte, et je regardais le haut et le bas de la rue pour voir s'il n'arrivait pas. Quand j'apercevais au loin un homme qui s'avançait, je me figurais que c'était lui. J'attendais qu'il s'approchât, et je constatais alors mon erreur. Très déçue, j'observais alors un autre homme venant au loin, indécise tant qu'il n'avait pas passé sous mes fenêtres. S'il arrivait qu'on m'appelât de l'intérieur de la maison, j'abandonnais mon poste et mille pensées me déchiraient l'âme comme des chiens enragés : « Ah ! peut-être passe-t-il en ce moment, ou bien est-il passé pendant que tu n'y étais pas : retournes-y vite ! » Alors j'y retournais, repartais, revenais, mettant moins d'une minute pour aller de la fenêtre à la porte, de la porte à la fenêtre. Malheureuse ! Que de peine as-tu prise, dans cette attente de chaque instant, pour une chose qui jamais n'arriverait !

Le jour où, selon ma nourrice, Pamphile devait arriver, je me parais comme Alcmène à l'annonce du retour d'Amphytrion, ne négligeant rien qui pût m'embellir. C'est à peine si je me retins de courir au rivage pour le voir plus vite quand on annonça l'arrivée des vaisseaux sur lesquels ma nourrice m'avait assuré qu'il se trouverait. « Il n'aura rien de plus pressé que de venir me voir », pensai-je, et cela calma mon ardeur. Mais, contrairement à ce que je m'étais imaginé, il n'arrivait pas. Je m'en étonnais fortement et, au beau milieu de ma joie, je conçus quelques doutes qu'il me fut difficile de vaincre par d'agréables pensées.

Je renvoyai donc ma nourrice aux nouvelles pour savoir s'il était arrivé ou non. Elle s'y rendit, trop lentement à mon gré, et je maudis plusieurs fois la vieillesse qui ralentissait son allure. Mais, après un temps assez long, elle revint, le visage triste, le pas traînant. Hélas ! dès qu'elle m'apparut, je sentis la vie quitter mon pauvre cœur ! Je craignis aussitôt que mon amant ne fût mort en route ou revenu malade. Mon visage passa en un instant par mille couleurs, et j'allai à la rencontre de la traînarde :

– Dis-moi vite : quelles nouvelles m'apportes-tu ? Mon amant est-il vivant ?

Elle ne changea pas d'allure et ne dit rien. En arrivant, elle s'assit, me regardant dans les yeux. J'étais déjà toute tremblante, comme une feuille au souffle du vent. J'avais peine à retenir mes larmes et, mes mains pressées sur le cœur, je lui dis :

– Si tu ne me dis pas immédiatement la raison de ce visage triste, je mets mes vêtements en lambeaux ! Si tu restes muette, c'est qu'il s'est passé quelque chose de mal ! Ne me cache rien, dis-moi tout ; je crains le pire ! Mon Pamphile est-il vivant ?

Encouragée par mes paroles, les yeux baissés, à voix basse, elle répondit :

– Il est vivant.

– Alors, pourquoi tardes-tu à me dire ce qui l'a retenu ?

Pourquoi me laisses-tu dans l'anxiété ? Est-il malade ? Quel contretemps l'empêche de venir me voir à peine débarqué de son navire ?

– Je ne sais rien de sa santé, ni des contretemps.

– Donc, tu ne l'as pas vu ? Peut-être n'est-il pas venu ?

– À vrai dire, je l'ai vu et il est venu, mais..., ce n'est pas celui que nous attendions.

– Et qu'est-ce qui te fait dire que ce n'est pas lui ? L'avais-tu déjà vu ou l'as-tu rencontré tout à l'heure pour la première fois ?

– En vérité, je ne l'avais pas encore vu, que je sache. Mais le jeune homme qui m'avait parlé du retour de Pamphile me conduisit jusqu'à lui et lui dit que je m'étais informé plusieurs fois à son sujet. L'autre me demanda ce que je voulais. Je m'enquis de sa santé, de celle de son père, de l'état de ses affaires, de la raison pour laquelle il avait tant tardé à revenir : il me répondit qu'il n'avait jamais connu son père, étant un enfant posthume, que ses affaires, Dieu merci, marchaient fort bien, qu'il n'avait jamais séjourné dans notre ville et n'entendait pas s'y attarder. Je fus remplie d'étonnement et, craignant qu'il ne se moquât de moi, je lui demandai son nom, qu'il me donna tout naturellement : à ce nom, je compris que j'avais été trompée, comme toi, par un homonyme.

En entendant ces mots, je ne vis plus rien et perdis tous mes esprits. Je m'affaissai dans l'escalier, ayant juste la force de dire : « Hélas ! ». La pauvre vieille tout éplorée et les servantes appelées à la rescousse me portèrent dans ma chambre et m'étendirent sur le lit, comme morte. Elles essayèrent de me faire revenir à moi avec de l'eau froide et me veillèrent longuement, me croyant entre la vie et la mort. Quand je retrouvai mes forces, après force larmes et soupirs, je demandai de nouveau à la nourrice qui gémissait si elle m'avait bien dit la vérité.

Puis, me souvenant de la grande prudence de Pamphile

et le soupçonnant de cacher son identité à ma nourrice, je demandai à celle-ci de me décrire ce Pamphile avec lequel elle avait parlé. Après m'avoir juré qu'elle ne m'avait pas menti, elle me donna une idée de sa taille et de sa stature, insistant sur ses traits et ses vêtements : j'eus ainsi la certitude que la vieille m'avait rapporté la vérité. Ayant perdu tout espoir, je repris mes lamentations, me levai et, presque furieusement, quittai mes beaux habits, ôtai mes parures, décoiffai mes cheveux d'une main rageuse. Je me mis à verser des pleurs de désespoir et à me reprocher avec des mots durs ma folle espérance et les fausses idées que j'avais nourries sur mon amant. En un rien de temps je replongeai dans mon malheur, avec l'envie encore plus grande de mourir. Cette fois, je n'aurais pas écarté la mort si l'espoir attaché à mon prochain voyage ne m'avait dissuadé d'accomplir ce geste.

CHAPITRE 8

Fiammetta compare ses peines à celles de plusieurs femmes de l'Antiquité et prouve qu'elle est la plus malheureuse de toutes, puis met un terme à ses plaintes.

Ce que vous avez entendu, compatissantes dames, vous laisse imaginer en quelle situation je me trouve. Amour, mon cruel maître, est plus acharné encore qu'à l'ordinaire : plus il voit l'espoir s'éloigner de moi, plus il ravive ses flammes par le désir, et plus ce feu est attisé, plus mes tourments augmentent. Aucun baume ne venant jamais les adoucir, il sont toujours plus exacerbés et plongent mon âme dans une détresse plus grande. Je suis sûre qu'en ne trouvant aucune résistance ces tourments m'amèneraient dans la dignité à cette mort que j'ai tant désirée, mais, comme j'entretiens le ferme espoir de revoir, au cours de mon prochain voyage, l'homme cause de mon mal, j'essaie moins d'apaiser ma souffrance que de la supporter. Pour ce faire, je n'ai trouvé qu'un moyen, à savoir : comparer mes peines à celles de ceux qui ont souffert d'amour dans le passé. J'en tirerai deux avantages : d'abord, de voir que je ne suis ni la seule, ni la première à être malheureuse, comme le disait ma nourrice ; ensuite, après que j'aurai examiné les souffrances des autres, de juger les miennes bien supérieures. Ce n'est pas une mince gloire de pouvoir se dire qu'on a enduré, plus qu'aucune femme dans sa vie, pareille tribulation. Cette gloire, tout le monde la fuit comme le pire des malheurs, et je m'en dispenserais bien si je le pouvais : c'est avec elle que je passe mélancoliquement toutes mes heures, comme vous allez le voir.

Accablée par ma propre peine, curieuse de celle des autres, je réfléchis aux amours d'Io, fille d'Inachos, que je me représente comme une vierge délicate et charmante, puis à son bonheur de se savoir aimée par Jupiter : nul doute que cet état ne suffise à la félicité d'une femme ! Puis je l'imagine métamorphosée en génisse, gardée par Argos sur l'ordre de Junon, en proie aux pires angoisses. Je jugerais ses souffrances supérieures aux miennes si elle n'avait continuellement vécu sous la protection de son dieu-amant. Aucune peine ne serait pour moi un fardeau si mon amant me soutenait dans mon malheur ou s'il avait pitié de moi ! De plus, la fin d'Io rend plus légères ses épreuves précédentes. En effet, à la mort d'Argos, malgré son corps de génisse, Io put facilement gagner l'Égypte et, là, reprenant sa forme première, elle épousa Osiris et eut le bonheur d'être reine[1] ! Si je pouvais espérer, même dans ma vieillesse, revoir mon cher Pamphile, je reconnaîtrais que mes tourments ne sont pas comparables aux siens ! Mais Dieu seul sait si cela adviendra, bien que je me berce à ce sujet de faux espoirs !

Ensuite, se présente à mon esprit l'amour de l'infortunée Byblis : je l'imagine, abandonnant tout dans sa passion pour son propre frère, l'insensible Caunus ! En même temps, je me représente l'incestueuse Myrrha, qui, après ses amours coupables, voulut se soustraire à la mort dont la menaçait son père courroucé, et finit par la trouver. Je vois aussi la pauvre Canacé, qui, pour son malheur, conçut

1. Io, que Jupiter transforma en génisse pour l'aimer, fut identifiée par les Grecs avec l'Isis égyptienne, la déesse aux cornes de vache.

un fils avec son propre frère et n'eut d'autre issue que la mort. Quand je considère les tourments endurés par ces trois femmes, je les trouve très grands (même si leurs amours furent monstrueuses), mais aussi, en y réfléchissant bien, limités dans le temps. Myrrha fut changée en l'arbre qui porte son nom[1], car les dieux agréèrent son souhait dans sa fuite éperdue. Elle est devenue insensible, même si coulent de l'arbre des gouttes pareilles aux larmes qu'elle versa pendant sa métamorphose. Elle souffrit et, en même temps, elle fut arrachée à sa douleur. Byblis mit fin à ses peines en se pendant, selon certains – selon d'autres, ce sont les nymphes compatissantes qui la changèrent en une source qui conserve son nom –, dès qu'elle sut que Caunus refusait de céder à ses désirs. Ne puis-je dire que ma peine dépasse celle de ces femmes, brève au regard de la mienne ?

Après celles-ci, je m'apitoie sur les infortunés Pyrame et Thisbé, pour lesquels j'éprouve beaucoup de compassion, car je les imagine jeunes, épris l'un de l'autre malgré les obstacles, mourant au moment où ils allaient unir leurs désirs ! On peut imaginer quelle amère douleur perça le cœur du jeune homme, dans la nuit silencieuse, quand, près de la fontaine, au pied du mûrier, il trouva les habits sanglants de sa Thisbé déchirés par un fauve et qu'il la crut dévorée ! La preuve en est son suicide. Puis, quand je songe aux pensées de cette pauvre Thisbé contemplant devant elle le corps ensanglanté de son amant où palpitait un reste de vie, je les trouve aussi brûlantes que ses larmes, et je ne vois que les miennes pour brûler davantage ! En effet, comme celles que je viens d'évoquer, leurs souffrances commencèrent et finirent en même temps. Heureuses âmes qui peuvent aimer en l'autre monde comme dans le nôtre ! On ne peut comparer les tourments d'ici-bas au bonheur d'une union éternelle !

1. La myrrhe.

Ensuite, s'impose à mon esprit la douleur de Didon abandonnée. C'est celle qui se rapproche sans doute le plus de la mienne. Je l'imagine bâtissant Carthage, donnant solennellement des lois à son peuple dans le temple de Junon, offrant l'hospitalité à Énée, l'étranger naufragé, puis, séduite par sa beauté, remettant sa personne et ses biens entre les mains du chef troyen. Celui-ci jouit de ses royales voluptés comme il l'entendit, puis il partit, abandonnant celle qui l'aimait d'un amour chaque jour plus grand ! Comme elle m'apparaît incomparablement malheureuse quand je l'imagine face à la mer, regardant la flotte emporter son amant qui s'enfuit ! Mais, après coup, je trouve sa difficulté à supporter l'épreuve plus grande que sa douleur, à en juger par sa mort. Au moment où Pamphile me quitta, j'éprouvai certainement la même souffrance que Didon au départ d'Énée. Ah ! si seulement les dieux avaient permis que je me tue à cet instant ! Du moins en aurais-je fini, comme elle, avec mes peines, alors qu'elles n'ont cessé, depuis, d'augmenter.

Je passe de ces désolantes pensées à l'image de la tristesse de Héro, fille de Sestos, qui, descendue de sa tour, alla sur le rivage où elle accueillit dans ses bras Léandre épuisé, éclata en sanglots en voyant le corps de son amant, nu, couché sur le sable où l'avait poussé un dauphin, essuya avec ses vêtements le sel sur le visage du mort et le baigna de ses larmes ! Ah ! la pensée de cette femme m'étreint le cœur ! Plus que les autres, sa peine m'arrache des larmes, au point que j'oublie la mienne. Je ne vois pour elle que deux moyens de consolation : mourir ou oublier Léandre, comme on oublie tous les morts. Choisir l'un ou l'autre, c'est en finir avec la douleur : on ne peut souffrir longtemps d'un bien qu'on a perdu sans espoir de le retrouver. Que Dieu m'en garde ! Pourtant, si cela arrivait, je ne choisirais pas d'autre solution que la mort. Mais tant que mon Pamphile vit (que les dieux lui accordent une vie aussi longue qu'il la souhaite !), je ne mourrai pas, car le mouvement continuel des choses de ce monde me laisse espérer qu'il me reviendra un jour. Faute de voir cet espoir se réaliser, ma vie est une souffrance continuelle qui m'accable plus que les autres.

Je me souviens de mes lectures de romans français[1]. S'ils ont quelque crédit, Tristan et Iseut se sont certainement aimés plus que tous les autres amants et, très jeunes, ils ont connu joies et épreuves. Comme leur passion a duré jusqu'à leur mort, il est difficile de croire qu'ils n'aient beaucoup souffert de laisser les plaisirs d'ici-bas. On peut le comprendre, s'ils quittèrent ce monde en n'espérant plus trouver ailleurs ces mêmes plaisirs. Mais s'ils étaient convaincus du contraire, ils ont dû être heureux et non pas tristes de mourir, la mort n'ayant pas la cruauté ni la dureté que beaucoup lui prêtent. Comment peut-on certifier qu'on souffre d'une chose qu'on n'a jamais éprouvée ? Impossible. Dans les bras de Tristan, se tenaient sa propre mort et celle de son amante : s'il en avait souffert, il aurait desserré son étreinte, et la douleur aurait disparu. Nous disons également que la mort est dure à supporter pour notre raison, mais, d'une chose qui arrive une seule fois et si brutalement, peut-on dire qu'elle est dure à supporter ! Pour Tristan et Iseut, joies et peines prirent fin en même temps. Pour moi, la douleur a duré incomparablement plus longtemps que les plaisirs !

À celles dont j'ai parlé, j'ajoute la malheureuse Phèdre, qui, dans sa fureur insensée, a provoqué la mort de l'homme qu'elle aimait par-dessus tout. J'ignore ce que furent pour elle les conséquences de son forfait, mais, si cela m'arrivait, je suis sûre que seule une mort violente en pourrait payer le prix. Si elle a continué de vivre, elle a dû rapidement oublier son crime, comme on oublie les morts.

1. Romans en vers.

Je mets avec sa douleur celle de Laodamie, Déipylé, Argia, Évadné, Déjanire, et beaucoup d'autres que consola la mort ou l'inévitable oubli[1]. Mettre un doigt dans un feu, ou un brasier, ou dans du métal en fusion, et le retirer instantanément, occasionne une vive brûlure, mais sans comparaison avec celle qu'on éprouverait en y plongeant le corps entier. La souffrance de ces femmes diffère en cela de la mienne, moi, j'y suis continuellement plongée.

Ce sont là des peines d'amour, mais je pense aussi aux larmes que font couler les revirements imprévus de la Fortune, s'il est vrai que le bonheur prépare toujours un malheur à venir. Ces larmes sont celles de Jocaste, d'Hécube, de Sophonisbe, de Cornélie et de Cléopâtre.

Si l'on examine les rencontres que fait Jocaste, on verra qu'elle a été frappée toute sa vie par une suite de malheurs qui auraient ébranlé l'âme la plus forte ! Mariée dans sa jeunesse à Laïos, roi de Thèbes, il lui fallut abandonner son premier enfant aux bêtes fauves, son père croyant ainsi le soustraire au destin que les dieux lui réservaient. Nous pouvons imaginer la douleur que cet abandon coûta à une mère ! Sur la foi de ceux qui l'avaient emmené, elle crut son fils mort, mais, quelques années plus tard, son mari fut tué par ce même fils. Ignorant qui il était, elle l'épousa et en eut quatre enfants, à la fois mère et femme d'un parricide ! Elle le reconnut après qu'Œdipe eut avoué son crime, perdant du même coup son trône et ses yeux. Son âme fut probablement plongée dans la douleur à un âge où elle aspirait plus au repos qu'aux tourments, mais la Fortune ne l'épargna pas et lui réserva d'autres déboires.

1. Grecques légendaires, épouses passionnées. Les dieux accordèrent à Laodamie de revoir son mari après sa mort pendant trois heures. Ce délai passé, il s'apprêtait à retourner aux Enfers, quand elle se suicida pour ne pas le quitter ; Évadné se jeta sur le bûcher où brûlait le cadavre de son mari ; Déjanire, trahie par Hercule, lui envoya une tunique empoisonnée en espérant le reconquérir, mais celle-ci le brûla, et il se suicida : son épouse le suivit dans la mort.

Elle vit ses deux fils conclure un accord pour régner alternativement, puis l'un d'eux dénoncer cet accord et se trouver assiégé par une armée de Grecs, sous les ordres de sept rois, et, finalement, les deux frères s'entretuer après maints combats et incendies. Un nouveau pouvoir ayant remplacé Œdipe en exil, elle vit s'écrouler les vieilles murailles de sa cité, qu'Amphion avait bâties en jouant de sa lyre, et son royaume disparaître ! Elle se pendit, laissant ses filles courir les hasards d'une vie d'infamie. Les dieux, le monde et la Fortune pouvaient-ils s'acharner davantage sur elle ? Je ne le crois pas : on aurait beau chercher, on trouverait à peine plus de tourments en enfer. Elle éprouva, sous tous leurs aspects, la culpabilité et l'angoisse. En comparaison, mes souffrances peuvent paraître moindres, et je serais certainement de cet avis si elle n'avait été amoureuse. Nul doute, si on la juge raisonnable, qu'elle n'ait jugé ses malheurs mérités, sachant que sa famille, son mari et elle-même avaient encouru la colère divine. Si elle était folle, elle n'eut aucune conscience de ses misères et n'en souffrit pas. Quand on reconnaît avoir mérité son malheur, on le supporte sans se tourmenter, ou presque.

Mais moi, je n'ai jamais commis d'actes qui auraient pu me valoir la juste colère de dieux : je les toujours honorés, j'ai toujours recherché leurs faveurs en honorant leurs autels, je ne les ai jamais méprisés comme le firent les Thébains. On pourrait me rétorquer : « Comment peux-tu affirmer n'avoir mérité aucun châtiment et ne t'être jamais trompée ? N'as-tu pas enfreint les lois sacrées du mariage et souillé le lit conjugal par un adultère ? » Je l'avoue. À y bien regarder, je suis seule fautive, mais mes peines ne sont pas méritées, car j'étais une faible jeune femme, incapable de résister à un sentiment qui triompha de dieux et de héros. Je ne suis ni la première, ni la dernière, ni la seule dans ce cas : presque toutes les femmes sont comme moi, et leur nombre m'est une excuse d'avoir bafoué les lois. De même le secret de ma faute devrait atténuer le châtiment. De plus, en admettant juste la colère des dieux contre moi, et leur désir de me punir, on ne peut confier ce soin au responsable de ma faute. Je ne sais ce qui m'a poussé à commettre ce sacrilège, Amour, ou la beauté de Pamphile. L'un et l'autre étaient plus forts que moi et les âpres tourments qu'ils m'infligent n'ont rien à voir avec ma faute. C'est une douleur nouvelle, différente des autres, plus cruelle pour celle qui la supporte. Si les dieux me l'envoyaient pour me punir de mon crime, ils agiraient contre leur justice et leur règle, car la punition ne serait pas proportionnée à la faute. En effet, si l'on compare les crimes et le châtiment de Jocaste aux miens, on trouvera sa punition légère et la mienne excessive.

Qu'on ne m'oppose pas l'argument selon lequel elle a perdu son royaume, ses fils, son mari et enfin sa propre vie, contrairement à moi qui n'ai perdu qu'un amant. Je l'admets, mais la Fortune m'a ôté avec cet amant tout bonheur, et si, aux yeux des hommes, j'ai conservé de quoi être heureuse, c'est une erreur : mari, richesses, famille et tout le reste sont un fardeau et un obstacle à mon désir. En effet, si j'avais été privée de ces choses comme je l'ai été de mon amant, j'aurais pu librement le rejoindre, et, si je ne l'avais pu, j'aurais choisi cent manières de mourir pour mettre un terme à mon infortune. C'est pourquoi je juge mes peines plus insupportables que celles de toutes les autres femmes dont j'ai parlé.

Hécube me vient ensuite à l'esprit, et je trouve son cas plus douloureux. Elle demeura seule pour voir les restes malheureux d'un si grand royaume, d'une si magnifique ville, d'un si glorieux mari, de si nombreux fils, de si nombreuses filles, et si belles, de si nombreuses brus et petits-fils, de tant de richesses, de tant de splendeur, de tant de rois tués, de tant de forfaits, du peuple troyen dispersé, des temples détruits, désertés des dieux, et elle vit cela dans sa vieillesse ! Quand elle se rappela le puissant Hector, Troïlos, Deiphobos, Polydoros et les autres qu'elle avait vus mourir pitoyablement, le sang de son mari, universellement respecté et craint, répandu sur son sein, le spectacle de Troie, avec ses grands palais et ses nobles habitants, incendiée et rasée par les Grecs, sa fille Polyxène sacrifiée par Pyrrhos, quelle ne fut pas sa tristesse ? Elle dut être immense, mais sa douleur fut brève : son esprit vieilli et fatigué, ne pouvant supporter cette épreuve, s'égara et elle devint folle. On la vit aboyer à travers champs[1]. Mais moi, que la mémoire ne trahit pas, hélas ! je conserve toute ma raison et vois clairement les motifs que j'ai de me plaindre. Mon opiniâtreté dans le malheur me fait considérer ce dernier, même léger, bien supérieur à un autre, immense mais tôt fini.

Sophonisbe, partagée entre le deuil d'un veuvage et la joie d'un mariage, à la fois malheureuse et heureuse, prisonnière et épouse, privée d'un trône et rendue à un autre, puis, au terme de ces brèves vicissitudes, avalant un poison, m'apparaît la proie d'insupportables tourments. Souveraine de Numidie, après des revers, elle vit Syphax, son mari, capturé par le roi Massinissa, et elle-même, déchue et faite prisonnière au cours d'une bataille, retrouver un trône en épousant Massinissa. Quelle ne fut pas sa colère à la vue de ces revirements ! Avec quelle tristesse ne dut-elle pas célébrer son nouveau mariage, dans l'incertitude de ce que lui réservait la changeante Fortune ! Sa mort courageuse en est la preuve. Il ne s'était pas écoulé un jour depuis ses noces, et elle hésitait à se croire reine, partagée entre son amour encore timide pour Massinissa et celui, plus ancien, pour Syphax, quand un esclave, envoyé par

1. Hécube, femme de Priam, survécut à cette avalanche de malheurs. Quand elle vit le corps de son fils Polydoros sur le rivage, elle se vengea du roi à qui elle avait confié la garde de cet enfant. Sur le point d'être lapidée, elle fut métamorphosée en chienne, avant de se jeter dans la mer.

son nouvel époux, lui apporta le breuvage empoisonné. Elle ne le repoussa pas, prononça fièrement quelques mots, but sans crainte le poison et rendit l'âme peu après[1]. Qu'on imagine l'amertume de sa vie si elle avait eu le temps de réfléchir ! Aussi doit-on la mettre au nombre de celles qui ont peu souffert, la mort lui ayant évité la tristesse que le temps m'impose en la redoublant.

Aussi malheureuse qu'elle, voici Cornélie, que la Fortune avait exaltée comme épouse de Crassus, puis du grand Pompée que sa valeur avait presque fait maître de Rome. Fuyant cette ville, errant à travers l'Italie au gré des revirements du sort, elle quitta sa patrie avec son époux poursuivi par César, et, après bien des aventures, Pompée la laissa à Lesbos où elle le recueillit avec son armée battue à Pharsale. Elle suivit son époux qui espérait rétablir sa puissance par la conquête de l'Orient, prit la mer et se rendit en Égypte, où Pompée venait de donner le royaume au jeune prince. Là, elle vit son corps sans tête ballotté par les vagues. On peut penser que ces événements, pris séparément et dans leur ensemble, anéantirent son âme, mais les sages conseils de Caton d'Utique et la certitude de ne plus revoir Pompée calmèrent rapidement sa douleur. Mais moi, j'espère contre toute attente, incapable de renoncer à cet espoir, sans autre conseils ni soutien que ceux de ma vieille nourrice, qui connaît mes malheurs. Mais comme la pauvre femme, plus fidèle que sage, aggrave ma peine en croyant y remédier, je n'ai d'autre ressource que de pleurer.

Beaucoup penseront que Cléopâtre, reine d'Égypte, a souffert beaucoup, et bien plus que moi. On croit en effet que sa douleur fut grande : d'abord dans l'opulence, elle

1. Après les femmes légendaires, les héroïnes historiques. Sophonisbe vécut au IIIe siècle av. J.-C. Elle se suicida pour échapper à l'humiliation d'être captive de Scipion l'Africain.

partagea le trône avec son frère avant que celui-ci ne la mît en prison, mais l'espoir de ce qui allait survenir l'aida considérablement à supporter ses déboires. Certains pensent qu'une fois sortie de prison, devenue l'amante de César, elle supporta mal d'être abandonnée par lui, mais ils oublient une chose : celui ou celle qui peut à son gré quitter l'un pour se donner à l'autre, ainsi que Cléopâtre le fit à plusieurs reprises, n'est pas longtemps tourmenté par l'amour. Dieu me garde de trouver jamais une telle consolation ! Aucun homme, en dehors de celui à qui je devrais normalement appartenir, ne pourra jamais dire qu'il m'a possédée, si ce n'est Pamphile ! Je suis et serai sienne, et j'espère qu'aucun autre amour n'aura la force de me faire oublier celui que j'éprouve pour lui ! En outre, si le départ de César laissa la reine d'Égypte désemparée, on aurait tort de croire, comme certains qui ignorent les faits, qu'elle en souffrit : elle en eut sans doute du chagrin, mais la joie d'avoir un fils et de retrouver un trône lui fut une grande consolation. Ce bonheur a la force de triompher de douleurs plus cruelles que n'en éprouvent les femmes dont les amours sont aussi superficielles que les siennes.

Mais, en tant qu'épouse d'Antoine, on estime qu'elle eut beaucoup à souffrir. Avec ses appâts sensuels, elle le poussa à la guerre civile contre son beau-frère. Elle escomptait la victoire pour devenir maîtresse de Rome, mais la double perte de son mari et de ses espérances la fait juger la plus malheureuse des femmes. Il est certain que voir un tel projet anéanti par la fatale issue d'une bataille, devoir renoncer à la domination du monde et perdre en plus un époux chéri est un coup terrible. Cependant elle trouva le seul remède qui pouvait guérir sa douleur : la mort. Violente, l'agonie ne dura pas longtemps, car deux serpents sur ses seins burent en moins d'une heure son sang et sa vie. Que de fois, éprouvant autant de douleur qu'elle

– avec moins de raison, diront certains –, l'aurais-je imitée si on me l'avait permis ou si je n'y avais renoncé par crainte du déshonneur !

Cléopâtre et les autres me font penser à la mort sanglante du grand Cyrus, tué par Thamiris ; au feu et à l'eau de Crésus ; aux riches royaumes de Persée ; à la magnificence de Pyrrhus ; à la puissance de Darius ; à la cruauté de Jugurtha ; à la tyrannie de Denys ; à l'orgueil d'Agammenon, et à d'autres[1]. Comme les femmes dont j'ai parlé, tous eurent à souffrir ou firent souffrir les autres. Tous furent rapidement soulagés de leur peine ou n'eurent pas à la supporter longtemps, contrairement à moi.

Tandis que mon esprit se remémore ces malheurs anciens pour trouver des larmes et des souffrances semblables aux miennes, et éprouver moins de douleur à les savoir partagées par d'autres, je tombe sur ceux de Thyeste et de Térée qui, tous deux, servirent de tombeau à leurs enfants. J'ignore comment ils se retinrent de s'ouvrir le ventre pour en faire sortir leur progéniture qui craignait de repasser par la bouche où elle fut broyée et n'avait d'autre issue[2]. Mais ils purent soulager à la fois leur haine et leur douleur, réconfortés dans leur malheur par leurs sujets qui ne les tenaient pas fautifs, mais victimes. Pour moi, c'est le contraire : on me plaint pour une chose qui m'est indolore, et je ne puis révéler celle qui me fait souffrir. Or, si j'osais parler, je suis sûre que je trouverais le remède qui a guéri les autres.

Il m'arrive parfois de penser au chagrin amer de

1. Il s'agit de grands de ce monde morts de mort violente : Cyrus II le Grand, roi des Perses, vaincu par la reine Thamiris qui le fit décapiter et plongea sa tête dans une outre emplie de sang humain ; le riche Crésus, condamné au bûcher et sauvé par la pluie ; Persée, dernier roi de Macédoine, mort en captivité à Rome ; Denys l'Ancien, tyran de Syracuse, célèbre par l'épée qu'il aurait fait suspendre au-dessus de Damoclès ; Agammenon, poignardé par sa femme Clytemnestre et l'amant de celle-ci.

2. La phrase s'éclaire quand on sait que Thyeste mangea la chair de ses fils que son frère lui servit, et Térée celle d'Itys servie par son épouse et son amante bafouées.

Lycurgue et de sa famille à la mort de son enfant, et à celui d'Atalante quand son fils mourut au combat devant Thèbes[1]. Il est si semblable au mien que, pour le connaître, il me suffit de l'avoir déjà éprouvé en d'autres circonstances. Leur tristesse n'est pas telle qu'on ne puisse parler de joie, tant on en conserve à jamais l'image éclatante : sept rois honorant par des jeux les funérailles splendides de l'enfant de Lycurgue ; la vie digne d'éloges et la mort héroïque du fils d'Atalante. Quant à moi, qui m'estime la plus malheureuse de toutes, j'affirmerais tout le contraire si je trouvais un soulagement à la hauteur de ma peine.

Je vois se dérouler les longues tribulations d'Ulysse, avec les péripéties et les périls extraordinaires qu'il a affrontés dans les pires angoisses. Je les ai vécues plusieurs fois et j'en conclu que mes épreuves sont plus dures. Voici pourquoi : tout d'abord, c'est un homme, donc plus fort face à l'adversité qu'une faible jeune femme. Résistant, endurci par les difficultés et les dangers au milieu desquels il naquit et vécut, il avait l'impression de se reposer dans les traverses. Moi, au contraire, vivant douillettement dans le confort de ma chambre où je me livre aux plaisirs de l'amour, la moindre peine m'est insupportable. Lui fut ballotté partout sur les mers par Neptune. Il fut le jouet d'Éole. Moi, je suis tourmentée par Amour, lequel harcela et domina les persécuteurs d'Ulysse. Les périls qui le menaçaient, il les cherchait, et personne ne peut se plaindre de trouver ce qu'il cherche. Mais moi, si je le pouvais, si je n'y étais exposée, je vivrais tranquillement et fuirais ces dangers. En outre, il ne craignait pas la mort, il avançait, sûr de lui, à sa rencontre, tandis que, moi, je la crains et n'ai couru vers elle que poussée par la douleur, et non sans redouter les pires souffrances. Il espérait tirer de ses péril-

1. Le fils de Lycurgue fut tué par un serpent, celui d'Atalante mourut devant les murs de Thèbes.

leuses aventures une gloire éternelle, alors que, moi, j'ai peur du déshonneur et de la honte que me vaudrait la révélation de mes déboires. Ce ne sont pas ses malheurs qui surpassent les miens, c'est le contraire : il a moins souffert que ce qu'on a écrit, j'ai plus souffert que je ne puis le raconter.

Outre ces cas que j'ai isolés, je trouve particulièrement insupportables les malheurs d'Hypsipyle, de Médée, d'Œnone et d'Ariane, dont je partage le chagrin et la peine. En effet, chacune d'elles, trompée comme moi par son amant, pleura, soupira, endura d'inutiles souffrances. Mais même si elles eurent comme moi des raisons de se plaindre, une juste vengeance abrégea leur douleur, tandis que la mienne dure. Hypsipyle, qui s'était éprise de Jason et en avait obtenu promesse de mariage, eut quelque raison de souffrir, comme moi, en apprenant qu'il aimait Médée. Mais la providence divine à qui rien n'échappe, hormis mes malheurs, lui rendit la joie qu'elle attendait quand elle vit Médée, qui lui avait pris Jason, abandonnée à son tour pour Créüse. Je ne dis pas que ma douleur prendrait fin si cela arrivait à la femme qui m'a pris mon Pamphile – à moins que je ne sois celle qui le lui enlève –, mais j'en serais soulagée pour une bonne part ! Médée tira satisfaction de sa vengeance, malgré la cruauté qu'elle exerça envers elle-même et envers son amant, tuant leurs propres enfants devant lui, incendiant le palais et faisant périr par le feu sa nouvelle épouse. Œnone aussi, après avoir longuement souffert, vit enfin son époux infidèle subir la juste punition de sa trahison, et sa ville consumée par les flammes à cause de cette Hélène qu'il avait prise. J'avoue cependant préférer mon sort à une telle vengeance sur mon amant. Ariane, épouse de Bacchus, vit du haut du ciel Phèdre devenir folle d'amour pour son beau-fils, elle qui avait accepté l'abandon de sa sœur pour appartenir à Thésée.

Après réflexion, je me considère comme la plus malheureuse de toutes les femmes, et ne puis résister davantage. Mais, mesdames, si vous trouvez mes raisonnements légers, si vous les trouvez inspirés par l'aveuglement d'une amante, que vous jugez les chagrins d'autrui plus graves que les miens, voici une unique et dernière considération pour parachever les autres : si l'on est plus malheureux d'envier que d'être envié, j'envie la détresse de tous ceux dont j'ai parlé car je la crois moins grande que la mienne.

Me voici donc malheureuse, mesdames ; victime des vieilles impostures de la Fortune. Elle a agi avec moi comme la lampe qui, sur le point de s'éteindre, jette un dernier éclat : après m'avoir apporté un semblant de réconfort, elle m'a plongée dans un chagrin plus grand. Laissant de côté les autres comparaisons, je voudrais user d'une seule pour vous convaincre. Je vous le dis en pesant mes mots, à l'instar des malheureuses comme moi : après cette fausse joie, ma souffrance s'est accrue, à l'exemple du malade qui rechute et supporte plus difficilement le retour de la fièvre. Je ne trouverai pas assez de mots pour énumérer mes peines, mais j'ai pitié de vous. Je ne veux pas vous ennuyer davantage en vous tirant des larmes – au cas où mon récit aurait fait pleurer certaines d'entre vous –, ni perdre le temps que je dois aux pleurs, non aux paroles. Je me tairai donc, et mon silence vous expliquera la différence entre la vérité de mon récit et celle de mes sentiments, entre le feu que l'on peint et celui qui me brûle. Je supplie Dieu, par la grâce de vos prières ou des miennes, d'envoyer sur ce feu une eau salutaire, soit ma mort malheureuse, soit l'heureux retour de Pamphile.

CHAPITRE 9

Fiammetta s'adresse à son livre : sous quel aspect, quand, et à quelles personnes il doit se présenter ; de quelles autres il doit se méfier. Conclusion.

Cher petit livre pour ainsi dire tiré du tombeau de ta maîtresse, te voici parvenu à ta fin : j'en ai terminé plus vite avec toi qu'avec mes peines. Tel que tu es, écrit de ma main, arrosé de mes larmes à plusieurs endroits, présente-toi devant les femmes amoureuses. Tu as la compassion pour guide, et j'ai le ferme espoir qu'elles te recevront volontiers si les lois de l'amour n'ont pas changé depuis mon malheur.

Tel que je t'envoie, négligemment habillé, tu n'as pas à avoir honte d'aller au-devant de chacune d'elles, même grande dame, du moment qu'elle ne te repousse pas. C'est le seul habit qui te convienne : le voudrais-je que je ne pourrais t'en donner un autre !

Contente-toi de refléter ma triste condition, qui te fait porter le deuil comme moi. Ne te soucie pas de ce qui agrémente les autres livres : les belles reliures, ornées de peintures multicolores, à la tranche bien unie, aux élégantes enluminures, aux grands titres. Ils ne conviendraient pas aux pleurs que tu portes en toi. Laisse cela aux livres heureux : à eux les grandes marges, les encres aux gaies couleurs, les parchemins poncés[1]. Tu dois aller où je t'envoie, avec ta mise désordonnée, décoiffé, maculé, décharné, et éveiller avec mes malheurs la sainte compassion de tes lectrices. Si des signes de pitié apparaissent sur leur beau visage, remercie-les sur-le-champ. Nous ne sommes ni toi ni moi accablés par la Fortune au point de ne pouvoir leur adresser ces remerciements dont elle ne peut priver aucun malheureux, pour l'exemple qu'ils offrent aux gens heureux : tempérer leur bonheur et ne pas connaître mon sort. Grâce à toi, l'exemple de mes malheurs leur montrera, si elles sont sages, qu'il leur faut être très prudentes dans leurs amours : elles déjoueront ainsi les pièges tendus par leurs jeunes amants.

Va ! Je ne sais quelle allure te convient le mieux, rapide ou lente, ni en quel lieu tu dois te rendre d'abord, ni comment, ni qui t'accueillera. Suis ton cours au gré de la Fortune : ton chemin ne peut être tout tracé. Les nuages te cachent les étoiles et, même si elles brillaient toutes, la Fortune orageuse ne t'a laissé aucun secours. Ballotté çà et là comme un navire sans gouvernail et sans voiles lancé sur la mer, laisse-toi porter et adapte-toi aux circonstances.

Si tu parviens entre les mains d'une femme dont les amours sont heureuses, qui se moque de mes tourments et blâme ma folie, supporte ses moqueries : c'est un moindre mal pour moi. Rappelle-lui que la Fortune est changeante, qu'en un instant elle pourrait me rendre la joie et lui apporter la peine, et me donner de quoi rire et me moquer d'elle à mon tour. Si tu en rencontres une autre qui, te lisant, ne puisse garder les yeux secs et, sensible à mes malheurs, pleure sur toi, recueille ses larmes : elles sont aussi sacrées que les miennes. Prenant un air encore plus triste et plus affligé, supplie-la humblement de prier le dieu que ses ailes dorées font voler d'un bout

1. Les parchemins étaient polis avec de la pierre ponce.

à l'autre du monde : sollicité par une bouche plus digne que la mienne, plus disposé à exaucer une autre que moi, peut-être soulagera-t-il mes tourments ! Quelle que soit cette femme, j'élève une prière, de la voix que les malheureux savent trouver pour être entendus, afin qu'elle ne tombe pas dans mon malheur, que les dieux lui soient toujours cléments et bienveillants, et que ses amours se prolongent dans le bonheur qu'elle souhaite.

Mais si, dans la foule des belles dames amoureuses, le hasard te fait passer, d'une main à l'autre, dans celles de mon ennemie, celle qui m'a volé mon bien, fuis-la sans tarder comme on fuit un lieu de perdition. Ne révèle pas une seule ligne de toi à ses yeux de voleuse afin qu'elle ne se réjouisse pas une deuxième fois, après avoir lu le récit de mes malheurs, du mal qu'elle m'a fait. Toutefois, si elle te retient et qu'elle veuille te lire, présente-toi de telle sorte qu'elle n'ait pas envie d'en rire, mais d'en pleurer, et que, touchée de repentir, elle me rende mon amant. Quel bonheur que cette pitié-là ! Quelle récompense pour tes efforts !

Fuis le regard des hommes. S'ils se posent sur toi, malgré tout, dis-leur : « Sexe ingrat, abuseur de la naïveté des femmes, tu n'as pas à connaître ce qui est sacré. » Mais si tu parviens jusqu'à l'homme qui a causé mon malheur, crie-lui de loin : « Toi qui as un cœur de pierre, va-t-en, et ne pose pas sur moi tes mains sacrilèges ! Le manquement à ta promesse est la source de tout ce que je contiens. Mais si tu veux me lire dans un esprit charitable, peut-être reconnaîtras-tu ta faute envers celle qui est prête à te pardonner si tu reviens vers elle. Dans ce cas, lis-moi ! Sinon, tu ne dois pas connaître les larmes que tu as fait couler, surtout si tu n'as pas renoncé à en faire couler d'autres. »

Si quelque dame s'étonne de la maladresse de ton expression, dis-lui de te laisser là, car le style orné exige un esprit clair, le calme et la tranquillité. Dis-lui d'admirer plutôt, dans ton bref récit, composé sans ordre, le seul fruit de l'intelligence et de la main qui a tenu la plume. L'amour et la jalousie, aidés en cela par l'hostilité de la Fortune, ont livré mon esprit à d'incessantes luttes et aux tempêtes sans lui épargner leurs blessures.

Tu n'as pas d'embuscade à craindre, je crois, car les dents acérées de l'envie ne te mordront pas, mais si tu trouvais plus triste que toi – j'en doute fort – pour te jalouser en te jugeant plus heureux que lui, laisse-toi mordre. Je ne sais en quel endroit on pourrait t'infliger une nouvelle blessure, car rien n'a échappé aux atteintes de la Fortune. Elle ne peut guère t'outrager, ni t'abaisser davantage, vu que tu es au plus bas. Et si la Fortune, non contente de m'avoir jetée à terre, voulait m'écraser, je subis depuis si longtemps son adversité que mes épaules, qui ont soutenu et soutiennent de plus lourdes épreuves, en soutiendront de plus légères : entre donc là où la Fortune le veut.

Vis, cher petit livre ! Rien ne peut te priver de cette vie. Demeure un éternel exemple des tourments de ta maîtresse pour les gens heureux comme pour les malheureux !

TRANSCODÉ ET
ACHEVÉ D'IMPRIMER
EN SEPTEMBRE 2003
SUR LES PRESSES DE
CORLET IMPRIMEUR
À CONDÉ-SUR-NOIREAU
CALVADOS

Numéro d'éditeur : 0637
Numéro d'imprimeur : 73047
Dépôt légal : octobre 2003
Imprimé en France